1　花雪の桜

2　芸亭の桜の碑（中野孝次筆）

3　黄葉のフネス村へ（背景はゲイスラー連山）

4　南チロルのある峠でつた ゑさんと

5　フネス村のサン・ヨハン教会

6　同上（Sekai Bunka Photo）

7　トスカーナ、「ロルモ小富士」

8　かすかに霞む牧草の丘

9　ふりかえれば、丘合いの道

10　右上、わずかの風波

11　微を積みて高きに至り

12　時の絵巻のその時は ('97.10.21〜3)

13　落ち紅葉－終って始まる物語

14　繁果眼を奪いて紅し

15、16　晩秋の紅濃春に似る

# 雑文

## ㈢

紀伝以後（原則として二一世紀）

# もくじ

# 渡しきて世紀哀しき老爺かな

生まれた二〇世紀は、その前半が戦争の時代だった。二度にわたる世界戦争に、二度とも成り上りの大日本帝国はかかわった。一度目ではやや漁夫の利を求め、二度目には自身が戦火の火付役をつとめ、あげく自滅した。その二度目のアジア・太平洋戦争に私どもの世代はまきこまれ、多くのすぐれた同世代人が死んだ。

海軍に入った友人は、戦争末期近いソロモン群島沖海戦で、測距儀を操作していた。文字どおり敵艦との距離を測る儀（器具）である。米艦はすでにレーダーを備えていたが、日本側は旧い測距儀でいちいち測らなくてはならなかった。ふと下を見ると靴紐がほどけている。しゃがんで結び直し、身をおこしてみると測距儀がない。しゃがんだ瞬間に、米艦の小さな砲弾がふきとばしていた。測りつづけていたら当然に測距儀ごと頭がとんでいた。これが俺の命を救ったと、敗戦後、その一本の靴紐をお守りのように持っていた。

われわれが哲学を志して、京都に笈(きゅう)を負ったのは、昭和一八年（一九四三）一〇月である。二か月後の学徒出陣で学内は空(から)になった。戦陣に散り散りになった私たちは、敗戦後そろっては卒業できなかった。ともに入学しともに卒業した哲学専攻生はわずか四人、二〇世紀さいごの一九九〇年代になると二人だけが残っていた。悔いを残さぬように二人で季節ごと小さな旅をした。そして古往今来すべてを語った。秋口、東北の湯に名月を仰いで人生を論じ、冬、湖北の湯で絢爛たる夕映えに命運を語った。その友もミレニアムの年の初めに亡くなった。もはや死語だが戦中派が二一世紀をのぞくのはむつかしかった、というべきだろう。

哲学者でありながら、私は思弁に興がなかった。内に思弁の楼閣を築くよりも、外に歴史的な現象を小犬のような好奇心で追いかけた。道、花、水、道祖神、天白、画像石などを追って、日本、中国、韓国内を歩き廻った。人間は世界の意識器官（マルクス）だからである。

ひところほどに、北のシルクロードに夢をもとめるツァーが、人目をひかなくなったが、そのさかりのころ、さからうように照葉樹林の植生をもとめて、南の雲南省に行った。首都昆明（クンミン）市と、私が半世紀住みついている藤沢市とが、友好都市となるのに若干の手助けをしたこともあり、シルクロード南路ともいうべき雲南（ユンナン）ロードを見つづけている。東アジア考古学者の三上次男さんは、唐がインド、ペルシア、ローマと交流した南廻りの海上の道について、本を書いた。日本書紀に吐火羅（トカラ）人についての記事が、孝徳、斉明、天武の巻にわたって残っていて、誰も解けずにきたが、伊藤義教さんが、今のアフガニスタンの北からウズベクにかけてがトカーレスタンだと明らかにした。日本列島に古代すでに中洋（中央ユーラシア）とのつながりがあった。シルクロード北路、シルクロード南路（雲南―天竺）、シルクロード海路と重ね、東アジア史の中で古代日本をみてきた戦後（二〇世紀後半）の歴史観をこえて、天竺、中洋、ローマすなわちユーラシア全体との関連での歴史観を考えるときがきたのではないか。いまの世界史は、中央ユーラシアを欠いた史観にすぎない。

今が昔でないことは重々承知しているが、向う岸の昔と此方岸の今とを老爺だけが渡すと、柳田国男は言っていた。その老爺に十分なったとの感慨にひたっている。

（神奈川近代文学館館報71号、二〇〇一・一・一五、二〇一七年補筆）

# カントと向き合った頃

カントの名を聞くと、心に、見果てぬ夢という言葉が浮かぶ。

京都大の哲学科に入学したのは、昭和一八年の一〇月である。学徒出陣の二ヵ月前で、すでに文科系の大学生は二ヵ月後の入営を控えて、心境、身辺の整理に忙しかった。主任教授の田辺元先生の演習は、ヘーゲルの精神現象学をテキストとしていた。一九三一年へーゲル没後百周年に当り、このころ先生は精神現象学を演習に使い始め、一二年後の私たちのときには、ようやくその半分ほどを読み進めていた。カント純粋理性批判の日本さいしょの訳者、天野貞祐先生は、倫理学担当で、演習には実践理性批判を使っていた。純粋理性批判を講読してくれる先生は、いなかったのである。

学徒出陣の大波が過ぎると、学内から大半の学生の姿が消えた。哲学科の学生で残ったのは、私のように徴兵年齢に達していないか、病などで徴兵免除の者か、である。うそ寒い寂寥感に加え、京都の冬は底冷えがする。戦争末期で室内暖房には、木炭すらなかった。敷布団に座し、掛け蒲団を三角に身にまといながら、凍えた手で、**Kritik der reinen Vernunft** の頁を繰った。時勢の動きと、カントの理性批判がきりひらく近代的で人類的な地平とが、カントの用語を借りると、二律背反(アンチノミー)のように、私の前にあった。ひたすらカントに埋没することで、やがて私の生命をのみこむはずの時勢を迎える準備をした。

一年たたぬうちに、召集令状がきた。本籍地の金沢の第九師団、四七部隊た隊に、入った。速射砲（対戦車砲）中隊なのだが、防諜上そう呼んでいた。新兵教育がすむと、二冊に限って本を持つことが許される。天野訳の純粋理性批判二冊を申請した。中隊の教育係の曹長は、岩波文庫二冊をぱらぱらと繰って、ああ小説かと言い、小さな許可証を貼ってくれた。持つことができただけで、読む時間なぞ、軍隊の中に流れてはこなかった。

このころ、新聞はすでにタブロイド版となり、中隊の掲示板に毎日張り替えられていた。昭和二〇年のはじめは、いまの雪の積もらない金沢からは想像もできない、大雪だった。軍隊が出動して、北陸線のレールを、二階の屋根まで積もるほどの大雪の中から、掘り出した。垂直に掘ることができないから、斜めに掘る。崩壊しない傾斜を考えると、雪面で七、八〇メートルの幅で掘り始める。人力だから大事業だった。

春になると穴掘りに出かけた。アメリカ軍の日本本土上陸に備えて、大本営を長野県の松代に移す計画があり、そこを中心に防衛網をもはりめぐらすことになった（とは戦後になって知った）。われわれが派遣されたのは、湯田中である。分宿して、信濃川の支流である夜間瀬川の岩の崖に、穴を掘った。縦横（たてよこ）井桁の地下要塞を掘ったのである。（数年前、湯田中に泊まって、その跡を見に出かけたが、なんの痕跡もなく、狐につままれたような気分におちいった）。作業が休みの日、純粋理性批判をとりだしてのぞいたが、軍隊での土方作業という条件のもとでは、目が字面を追うだけで、とてもその世界に入り込むことはできなかった。

ふたたび読んだのは、八月一五日を一週間ほど過ぎたころである。敗戦の後、治安のための武装警察隊をのこそうとの企てがあり、それにわれわれ幹部候補生（予備士官学校生）の教育隊をあてようとしたため、すぐには復員できなかった。連合軍が上陸して、この企ては拒斥され、敗戦の日から一ヵ月余、ようやく軍隊から解放されることになった。その一ヵ月余、いくらかの軍務のほかはすることがない。閑暇（スコレー）が生じたのである。

福知山の教育隊に、原隊のた隊から出発する直前、六月七日に、西田幾（き）多郎が鎌倉で死んだ。石川県の宇ノ気村の出だから、隊に貼り出されていたタブロイド版の北国新聞にも、西田の死の記事は、大きな見出しで、報じられた。凝然と立っていると、あの教育係の曹長が通りかかり、私の背を叩いて、悲しいだろうが力を落とすな、と言った。石川県人の彼は、純粋理性批判を小説とは見ても、西田幾多郎の名は知っており、私が京都の哲学科の出だとも知っていて、精一杯に励ましてくれたのである。

敗戦で、さしも頑固な軍隊秩序にもゆるみが生じていた。将校たちは、隊外の宿舎に居ることが多くなり、私たちは見習士官の待遇なので、隊内の下士官、兵たちにあれこれ介入されはしない身分だった。閑暇(ひま)をもてあまし湯田中ではねつけた純粋理性批判をとりだしてみると、意外に、こんどはカントの世界に入りこめた。天野先生の訳は、本邦初訳のこととて、誤りなきを期す余り、ややがちがちの直訳体で、カントの意を透明な日本語で伝えるにはやや難があった。しかし、失われた時がもどってきて、私はふたたびカントの理性批判の世界に、身を置くことができた。喜びが、ゆっくりと、天野訳の一字一句を読み進めるのと歩調を合わせて、湧き上がってきた。

京都に復学したが、講義、演習などが体を為したのは、昭和二一（一九四六）年四月からだった。哲学科は、田辺先生が退官しており、加えて敗戦後、戦争中の言動に照して公職追放があり、高坂正顕、高山岩男氏らが教授陣から去っていった。私は、大学にいるよりも大和の古跡や社寺をめぐることを好んだ。すぐ九月が来て卒業だが、単位がたりなくて、もう一年のばすほかはない、と思っていた。ある日、文学部の事務室前を通ると、事務長が呼びとめて、君はまだ卒論を提出していないが大丈夫か、と言った。聞くと、出征前にとれるだけとっておいた単位総数が、卒業資格をみたすので、卒論さえ出せば卒業できる、という。締切期日は三日後。

私は、卒論のテーマを、カントの図式論について、と決めていた。純粋理性批判を読むうち、私の脳裏に結ばれてきたのは、時間論であった。徴兵されたら必ず死ぬ。死ぬまでに少しでもこれこそが確実というものを得たい。カント以外に読んで深く動かされたのは、波多野精一先生の、時と永遠、である。時の推移、時勢と運命の中で、どうして確実なもの、永遠をとらえうるのか。しかしこの時間の問題をカントに投影したわけではなく、純粋理性批判を読んでいるうちに、この哲学の古典をつらぬく主題の一つが時間論であるように思えてきた。そして、図式論に出てくる、時間の超越論的な規定 transzendentale Zeitbestimmung を手がかりに、カントの時間論を論じよう、そう思っていた。

締切は三日後。カントの図式論はあきらめた。かわりに、「人間の救済と論理」を作文して提出した。山内得立先生がガイストライヒな論文とほめてくれて、無事卒業した（卒業式の翌日に父が死に、卒業しておいたおかげで就職し、戦後の混乱と窮乏のなかで路頭に迷わずにすんだ）。

半世紀余とぶ。さいきん岩波現代文庫で、中島義道・カントの時間論、を読んだ。この本の初版が出た一九八七年には、私は日本書紀の注釈三〇巻の仕事以外はしないと決めていて、哲学書は一切読まなくなっていた。さいきん、注釈原稿の完成が過半の一七巻に及び、いくらかゆとりができて、私が卒業した年に生まれた中島さんの本を、題名にひかれて読んだ。五五年前の私の手さぐりを恥じるほど、純粋理性批判が時間論の本であることを、ときあかしている。カントは私の見果てぬ夢だったが、その夢をうつにあらわした人がいた。もじって、この道や行く人ありて秋の暮（表紙の写真、十和田湖晩秋）。

（カント全集第十七巻、月報一〇、二〇〇一、六）

# 戦後の戦争歌・喪の戦後歌

## 一　戦後の戦争歌

戦後という時代をいつまでとみるかは、さまざまの面から考えなくてはならない。時代が全体として戦後ではなくなっても、ある事柄――たとえば新憲法――はひきつづき戦後という時代の性格をとどめている。さしあたりここでは、戦後最初の『経済白書』が、もはや戦後ではないとした昭和三一年を、やはり一つの区切りとみなしたい。私自身は少なくとも〝六〇年安保〟の後、池田内閣成立時までを戦後としたいと考えてきたのだが、経済成長との関連でみるとき、『経済白書』の見解は説得的だと思わざるをえない。

戦争を歌った短歌は、昭和三一年で終わらずに、昭和六〇年の現代まで、毎年途絶えることなくつづいている。戦争体験を持つ世代があるかぎり終わることはないと、思われる。また戦争歌そのものは昭和三一年を境として、その前後で作風その他になんのちがいも生じていない。いちばんはじめに、昭和三二年の作歌を歌集『やまなみ』から引く。集中の田村右品連作「ひかりのなか」で、歌は破調である。それも少々ではない。しかし次のような作歌がつづいてその作があり、通して読むと破調はそう気にならない。

かんぴょうの花　いっぱいさいて　星空みたい　いまは　花あせの子らも　かえって

白い道　ひとすじとおる　菜の花ばたけの坂の上　月が　のぼる

次作はあきらかに「終戦」のさいの「玉音放送」が主題である。

かつて　その声に　熱狂し　命をかけ　国運を賭し　そして　やぶれた

そしてその作がこうつづく。

このいくさ　だまされたというのか　やつらと五十歩百歩だというのか　二・三歩のちがいでもいい
いまは　そこくにすべてを　ささげたひとに　こうべたれる

歌集『やまなみ』は、昭和初年の大熊信行の短歌運動「まるめら」をひきついでいる。民衆の心と抒情を近代の口語体で歌い、必ずしも定型にこだわらない。

『昭和萬葉集』巻七（昭和二〇—二二年）に、内田譲吉の一首がある。

悉くわれらだまされこの日迄ひきずられしといきどほりいふ

内田『日本資本主義論争』は、戦後の私たちに、戦前の労農派対講座派——この対立が戦後の日本社会党対日本共産党の確執にひきつがれている——の論争を、教えてくれた。昭和一八年に反戦思想の持主として検挙、投獄された。右の一首はその歌集『たたかひの獄』（昭和二三年）にある。内田らはもとよりこの戦争の性格を知っていた。だから「だまされ」たというのは、内田ではなく、その周囲に居た庶民——時には知識人——である。内田歌は、昨日までなんの疑いもなく八紘一宇の聖戦を信じていたものが、手の平をかえしたようにことごとくだまされたという、鶴見俊輔のいわゆる「集団転向」を歌っている。戦後昭和三二年にあんなすばらしい歌を作った田村右品ですら、お前らは「だまされた」と訳知り顔に言われる側にいた。

七巻には斎藤茂吉『白き山』（昭和二四年）の歌も八首入っている。その一首にいう、

軍閥といふことさへもしらざりしわれを思へば涙しながる

　戦争への協力という点でいえば、茂吉ははるかに積極的だった。だから同じ「だまされた」でも、茂吉は傷心と自省に沈み、右品はそう言われたことに反撥する。「だまされ（て戦争協力をし）た」、だから「やつら（軍閥ら）と五十歩百歩だという」。誰が？　訳知りの啓蒙主義者達である。この啓蒙主義にはいくつもの傾向、勢力がある。占領軍もその一つで、放送番組「真相はこうだ」はまぎれもない啓蒙主義であった。自由主義者、マルクス主義集団もそれぞれに啓蒙主義であった。これらは皆ちがう勢力だが、共通点が一つあった。すなわち、訳知りに「だまされていた」と説く少数者と「だまされた」多数とを分断する点で、みな同じであった。

　これにくらべると、五十歩百歩どころか、「二・三歩のちがいでもいい」と抗議する右品の考えこそは、啓蒙主義の対極にあるものだ。この歌を見たとき私は長いことこの歌と向かいあっていた。私の戦後の歩みも実に質（たち）の悪い啓蒙主義であった。右品と通じる立場にいたのは竹内好ぐらいであろうか。竹内は、「国民」文学者吉川英治の作

品と、戦争を推進した勢力とのあいだに、「紙一重のちがい」を認めたことがある。
巻七につぎの一首を見る——

三人の子国に捧げて哭かざりし母とふ人の号泣を聞く

作者は二上範子。夫は職業軍人で、戦後に彼女は二十余年にわたって共働きをした。この作について以前私はこう書いたことがある。「子を死なせても泣かなかった人が、国が破れて泣く。そういう国家主義的な形をとっているが、国の為だからと子の戦死の悲しみを押さえた自分と、その子の死の空しさに、この人は号泣したのである。この号泣に共感できないものに、八・一五の挽歌は無縁である。あの戦争は無謀だとわかっていたなどと、小ざかしく言ったり振るまったりする者を、わたしはあまり信じない」、と。
巻九（昭和二五—二六年）に太田隆美の歌がある（歌集『静炎』昭和三三年）——

戦争を傍観せざりし青春を悔いつつもひそかなるやすらぎとしき

太田は大正二（一九一三）年生まれ。戦後には新日本製鉄に勤め、ついである企業の重役として、経済成長を担う生き方をした。
太田と——生き方、信条はちがったが——同じく私も「戦争を傍観」しなかった。〔どんな苦境にあっても、そこからひょいと逃げだすことを、自分に許さない。——二つあとの山本周五郎に寄せて。〕戦後になって、醤油を飲むなどして軍役を免れたと話す人にゆきあたると、私はなにがしかの違和感と不信感を抱いた。こういう人間こそ戦争を傍観したように、なにか事あるごと、危険にのぞむごと、その危険度が低いときはしたり顔に説教し、危険度が高まるとすっと身をよけて知らぬ顔をきめこむと思えた。

大正一年生まれの歌人・宮柊二は、戦後の昭和二四年、第三歌集『山西省』を刊行した。歌人二七歳から三一歳までの作品を集めた。その中から『昭和萬葉集』巻六（昭和一六—二〇年）におさめられた作歌にいう——

ひきよせて寄り添うごとく刺ししかば声も立てなくくずほれて伏す

こゑあげて哭けば汾河の河音の全く絶えたる霜夜風音

「戦争を傍観」せず、その戦争ゆえに慟哭したものこそは、右品のいう「二・三歩のちがい」を保ったのである。

同じ巻からもう二首。戦後（昭和二六年）に出た合同歌集『飛天』におさめられた、川口汐子の作だ。

君が機影ひたとわが上にさしたれば息もつまりてたちつくしたり

眼路のかぎり生きの命のかぎりかと爪立ちあふぐきみが機影を

たぶん恋人が特攻出撃するのを見送ったときの作である。海辺の基地——鹿児島の知覧か——、その飛び立つ位置はかねて知らされていた。基地の外、海辺ぎりぎりに立っている。轟音とともに一瞬、機影がわが上に大きくさし、あたかも現し身の吾を掩うかとばかりに息もつまった。転瞬、気がつけば機影は急速に遠ざかる。この機影の見えるかぎりは生命の限りと爪立っていた。

戦争を強制されることの中には、戦争を讃えて言い、戦争を讃えて歌うことへの強制がふくまれていた。文学報国会、従軍作家などの直接的強制もさることながら、時勢の強制が意識の内側から迫るのに抵抗するのは、なみたいていのことではなかったと思われる。この脅迫にもかかわらず、ついに戦争について一言も言わなかった作家が、堀辰雄である。彼の作品『風立ちぬ』は、作者自身によって、世間ではゆきどまりと信ぜられているところからはじまる物語だと、言われていた。戦中の学生時代、堀辰雄を愛読してすごしたものは、私を含めて多いが、私などそれは堀の作品の中にだけあることで、苛酷な戦中の日々に実在することとは、とても思えなかった。

川口汐子の歌を見たとき、ゆきどまりと信ぜられたところからはじまる物語が、無惨な戦争の日々にはりついて実在していたことを、悟った。

『昭和萬葉集』巻六は、吉野秀雄の第三歌集『寒蟬集』（昭和二二年）——昭和一九年八月二九日に失った妻を偲んでの歌が中心——から、十三首を収録している。

真命の極みに堪へてししむらを敢てゆだねしわぎも子あはれ

これやこの一期のいのち炎立ちせよと迫りし吾妹よ吾妹

この吉野英雄歌にあるものと、先の川口汐子歌にあるものとは、戦中の昭和日本人の生と死と愛とのかかわり方において、共通しており、まさしく世間ではゆきどまりと信ぜられているところからはじまる物語を、歌っていると私には見える。

『昭和萬葉集』の戦後の巻を読むと、この四十年、どの年もかならず戦争歌を歌いつづけている事実に、あらためておどろかされる。

右品の「二・三歩のちがい」にかかわることだが、戦争という異常苛酷な条件のもとでも、いやその故に、戦中の昭和日本人は狭い歴史の可能性の中で、せいいっぱいに生きた。その史的環境と生き方を、戦後の日本人はくりかえし反芻して生きているように見える。

歴史を進歩史観ないし発展史観で眺めると、文明社会の人間の生き方を未開社会の人間の生き方よりも高く大きく見たり、社会主義革命以後が人類本史でそれ以前は人類前史にすぎないというように、歴史時代ないし人間の生き方に差別を設ける、差別史観におちいると思う。

どんな苛酷無惨な時代であろうとも、その歴史の条件のもとで人間は個性的に生きているのであって、戦中の人間の生き方が戦後の人間の生き方より劣っていたはずはない。個性的にちがっているだけである。

先の宮柊二の『小紺珠』(昭和二三年)から、巻七につぎの歌をふくめた作品が収められている。

山川の鳴瀬に対かひ遊びつつ涙にじみ来ありがてぬかも

焼跡に溜れる水と帚草そを囲りつつただよふ不安

戦争歌にみられた宮柊二の酷烈な体験からすれば、生きながらえ迎えた平和な戦後はまことに「ありがてぬ」ものであったが、しかしその戦後に「不安」を感得したのは、宮柊二だけではなかった。

たたかひに敗れて拳るこゑすずしこのこゑいつの日も誤つなかれ

作者は明治四一年生まれの常見千香夫である。戦後歌人の中で明確な思想を持した近藤芳美にもこういう作（『埃吹く街』昭和二三年）がある。

言ひ切りて民衆の側に立つと言ふ君もつづまりに信じてはゐず

乗りこえて君らが理解し行くものを吾は苦しむ民衆の一語

戦前・戦中の体験で照射しつつ戦後を生きる姿勢は、かなり普遍的にみられるものだ。⑴戦前にくらべて戦後の方が、時代も社会もいいこと、⑵しかしその戦後を手放しで肯定するのではなく、戦前の辛苦の経験からくる一種の「傍観」で相対する。そこに戦中と敗戦とに「屈折」した世代の生き方が、うかびあがっている。

戦後は、丸山真男の言ったように、第二の開国であった。

開国はいつも海の彼方からくる。幕末のときには希望峰を廻った四隻のペリー艦隊に、迫られた。第二の開国は太平洋戦線に展開した、陸海空のアメリカ軍に迫られた。前者は砲艦外交とはいえまだしも「平和」だったが、こんどは総力戦のはて「敗戦」の屈折があった。

戦後の開国を屈折してうけとめた日本人の情念は、つぎの何首かにみごとに出ている。

大海をそがひに飛べる白き蝶海に入る流れの上超えむとす

高田浪吉（『木苺』昭和三二年）の一首だ。自然詠がおのずと時代の象徴歌となった。そがい（背向）にだから海の方から飛んできたのだ。別に、「光るなきわたつみのおきの曇より波はふくれて来りけるかも」がある。同趣だ。そがいとか曇とかの語感に、戦後の開国を屈折して受けとめた情感が重なる。それは茂吉（『白き山』昭和二四年）の、

最上川逆白波のたつまでにふぶくゆうべとなりにけるかも

の絶唱にも感取できるし、前川佐美雄（『短歌研究』昭和二五年一月）の、

かなたなる氷雲の空の奥ぐらき悲願に似たる寒虹の照り

にも見て取れる。「軍閥といふことさへもしらざりしわれを思へば涙しながる」と歌っていた茂吉である。故郷山形で痛恨の思いで眺める最上川に立つ〝逆白波〟のイメージは、浪吉の〝そがい〟の蝶、佐美雄の〝奥ぐらき〟寒虹と同じものだ。敗戦、自責を伴う悔恨、それら暗い氷雲をつき破って、逆方向から照らされ映る真相や民主主義、開国の寒虹。

そして戦後歌人の中の稀有の一人、山中智恵子（『空間格子』昭和三二年）の歌もまた同じ姿勢でひびいてくる。

悲しみの姿勢のままにわがみたる蝕尽の月の銅色の影

わが姿勢も悲しみに傾き、敗戦の様も蝕尽の月さながらに欠落の相が濃いが、よく見れば欠けた部分にすけて銅色の影が見える。その銅色の影をうき立たせるのは、そがいに照射してくる太陽の光であり、蝕尽の奥ぐらい向こうにそれを照り立たせる月面そのものの力だ。悲しみの姿勢は姿勢ながら、それをしかと見たからこそ、その歌は、他のいく人かの稀有な戦後歌人たちの歌とともに、戦後史の深奥を照射してきたのであろう。

昭和二〇年代は戦前を代表する大きな歌人たちが多くなくなった。その歌歴をとじる作は、それぞれの個人の歩みと時代の極を語っている。たとえば、

いまははた　老いかがまりて　誰よりもかれよりも　低き　しはぶきをする（迢空　昭和二八年九月没『倭をぐな』昭和三〇年）

いつしかも日がしづみゆきうつせみのわれもおのづからきはまるらしも（茂吉　昭和二八年二月没『つきかげ』昭和二九年）

そしていれかわるように、戦後派歌人たちが登場してきている。その代表に寺山修司（『空には本』昭和三三年）をあげておこうか。

桃いれし籠に頬髭おしつけてチェホフの日の電車に揺らる

のちに短歌のもつ自己弁明性にあきたらず、演劇へと転じた寺山だが、歌い初めの言葉のひびきには、藤村の詩、啄木の歌と等質の、青春の永遠の感傷と気どりがある。桃、頬髭、チェホフ、電車。これを信夫澄子(『昭和文学全集』41 昭和二九年)の、

わたくし・あなた・うめ・もも・さくら、声たてて言えば、胸のあたたまる日本の言葉

に較べると、戦前・戦後の対比が明らかだ。

## 二 高度成長期・喪の戦後歌

昭和短歌史をみると、昭和三〇年代の前半は「前衛短歌」が形成されたときだ。塚本邦雄、岡井隆、寺山修司らがそれぞれちがったところから出発して、しだいに戦後の短歌をつくりだしていった。「六〇年安保闘争は、短歌の現代化がもとめられた変革期のさなかでおこなわれた」。その一首、

舞いおわるひとりの足のほてるとき見捨つるに似て遠し〈六月〉

この馬場あき子歌(『無限花序』昭和四四年)の〈六月〉は、安保改定の一九六〇年六月をさしている。昭和三〇年代の後半、あの六〇年安保のはっきりした目標とは事がちがい、情勢が見えなくなっていた。池田内閣が「所得倍増」「寛容と忍耐」をとなえるとともに、あの高揚した安保闘争の波はしりぞき、状況はなんとなく霧に閉ざされ

たように見えなくなってきた。天下国家の大状況が見えぬなら、せめて小情況、舞いに足のほてるまでうちこんでみたが、大状況と小状況のひきさかれたはざまに、あの安保、〈六月〉は遠く、あたかも見捨てたるようなとまどいを感じる——というのである。

高度成長の中で何がおこっていたのか。豊かな社会が実現し、現世への批判も、当る方向と力を喪失させられた。世界の本質が見えない。この霧がはれだしたのは昭和四五（一九七〇）年、公害が噴出してのことであった。

昭和四一年から五〇年まで、昭和元禄とよばれた。時代を異にした二つの世をくらべるのに、いつもある種の無理を感じるが、時代にも栄枯盛衰の相があるとすれば、元禄、昭和四〇年代が、ともに栄華の相であることは、まず否定できないであろう。しかし、時代相の栄華のうらにそれを危いとみるものをもつのが、私たち日本人の感性ではなかったか。藤原道長の栄華讃歌のうらに、源信の『往生要集』がある。道長の出家は源信死後二年のことであった。

昭和元禄、この栄華の世に、あの『往生要集』が描く地獄図のように、栄華の世とはまったく他者である世界を告げたものがある。客観的には、〝公害〟だが、主観的にはこの時代の短歌がその一つである。そう思う。こころみに次の塚本邦雄（『されど遊星』昭和五〇年）の一首を見るがよい。

ほろびつつ生きむわれらに緑青の霜降るごとし那智のかなかな

また森下龍雄（『コスモス』昭和五〇年三月）の一首、

タブの木にひびく潮の遠鳴を漂着神たちの声と聴きゐつ

ともに、那智のかなかな、潮の遠鳴を詠ったが、そこに緑青の霜、漂流神たちの声を聞いている。昭和萬葉の寄物陳思歌である。大正生まれの二人だけではない。昭和二九年生まれの歌川真弓（『国学院短歌』70号、昭和四九年）の一首がある。

藻のごとくみづにわが髪ゆれゐたり冥く他界のかたちさながら

冥く他界とはもとより死後の世界、黄泉のことだ。作者はこのときようやく二十である。青春の鋭い感性が、若いゆたかな黒髪に一瞬の死の翳りを見たのである。

昭和元緑の栄華の世に緑青の霜＝公害は降った。それでも人は、現世を謳歌する高度工業社会によりつく神などはないと思う。現世こそニライカナイ（理想郷）という現代社会へ、ニライカナイからの漂着神などありはしない。すべて同質化され、異質なもの、他者はなくなった。

その現代に、緑青の霜を歌い、漂着神の声を歌い、冥き他界を歌う。そのような現代短歌とはなんなのか。幸いに、現代歌人が自らわが歌を歌った歌がある。わが歌観を見よとばかりに。まず馬場あき子（『桜花伝承』昭和五一年）、

いず方の遊行式部のおんなうた石打てば鏗とわが空に鳴る

遊行式部とは諸国を流れ歩いて門付する遊女である。この世の掟からいうと最底辺の乞食売女である。しかしな

がら廻国遊行者は姿をかえたまれびと神であった。その故にその女歌は、さながら石打つごとく鼓打つごとく鏗（コウ）と鳴るのである。ただし現世人には門付歌としか聞こえぬ。鏗とひびくのはまれびと神と同じ他界に通う「わが空」だけである。つぎに山中智恵子（『青草』昭和五三年）、

沫雪のながらふみれば息つめて身命の琴鳴りいづるなり

ながらう沫雪はすべてを消す。雪の字は彗（スイ）（箒、掃き清める）に雨を冠している。現世の汚濁を消してゆく雪のさまを、息つめて見る者の裡ふかく、この世ならぬ身命、わが身の内の運命の琴が鳴りいずるのである。

こういう歌のひびきは女歌だけではない。前登志夫（『縄文紀』昭和五二年）、

黄緑の靄ある山の斜面なりかへりなむいざ歌の無頼に

山は柳田国男が指摘したように、平野の大和民族から見れば、異質の山人が棲むところ。平野をおおい、うるわしの山河をほろぼした高度工業社会を、山から打つ。その山から打つ歌の無頼に、いざかえろう。そして岡井隆（『鷲卵亭』昭和五〇年）、

歌はただ此の世の外の五位の声端的にいま結語を言えば

この歌にもはや付け語はいらぬ。現代短歌の意義とあり様を端的に結語している。さすれば死の世界をのぞいて

再生した上田三四二（『涌井』昭和五〇年）の歌も、この世の外か。いや外かと見えてこの世の内の命満ちたる風光、

はぐくみの満ちわたるごとわが庭の花をはりたる藤にふる雨

語の慣用でいまもなお戦後とすれば、当然に二十年の軍国の昭和よりも、平和の戦後の方が長くなった。とはいえ、その戦後は何をくぐってきたのか。長い長い喪である。
武川忠一（『青釉』昭和五〇年）は歌っている。

忌の日を長くまもりし戦後ありひとりの夜のわが魂おくり

それぞれが喪の戦後を生きてきた。

満載のトラックに蒙古を逃ぐる時追ひすがりたりし愛犬「栃」よ

作者杉田あつみは昭和七年の生まれ。敗戦のとき十三歳。「栃」の歌は四九年の作（『朝日新聞』）。これも長い喪の戦後だ。
だから、いつも戦後というと次の一首に心が行く。

まなうらを戦後があゆむ傘もたぬ灰色の頭の濡れたる列が

篠弘は昭和八年の生まれ。五〇年の作（『短歌』昭和五〇年七月）だ。まことに喪の戦後を知るものがよく戦後を生きたと思う。

## 三 若干の感想――もどきの自己増殖

『昭和萬葉集』にかかわって、短歌の世界にいくらか関心の錘りをたらしているあいだ、いつも念頭にあったのは、戦後すぐの桑原武夫の第二芸術論である。主として俳句について論じていたが、もとより論鋒は短歌にもつきつけられていた。俳壇、歌壇とかの――相応の戦争協力もした――プロの伝統的な短詩型に対して、近代主義の立場から一刀両断した颯爽とした一論であった。

戦後の論調史を通じて、颯爽たる近代主義はいつでもあった。伝統的な短詩型への近代主義者桑原の論難は、一九八二年に近代主義者加藤周一によってくりかえされた。日本の「叙情詩人は何故かくも長い間かくも短い詩型だけで満足していたのか」。これがその問いである。日本歴史の七不思議の一つとしてあげられている（「山中人閒話」八一・五・一七）。「超短詩型の伝統の排他的で圧倒的な支配は、文学の多様な形式（叙情詩・散文小説・随筆・戯曲）のそれぞれを発展させた日本文化の中で、まことに異常、まことに奇怪である。しかし今までのところ、そのことの満足すべき説明に私は出会っていない」。（これに対しては「日本人とうた」『短歌現代』八二・七で「叙情詩人はかくも短い詩型故にかくも長い間固執しつづけた、と答えるほかはない」という私見をのべておいた）。

いま論争するつもりなどさらさらないのだが、短歌史に近代主義の側からの否定的な批判がつきまとった事実を、たしかめておきたかったのである。

近代主義とはなにか。一つは定義による区分を守ることと、二つに、そう区分したことこそが合理であって、その合理の立場から、区分しがたい事物を批判すること、この二つを少なくとも近代主義はもっていると私は思う。それが蒙を啓くことにも通じるのであって、近代主義と啓蒙主義とは、私どもの時代の双生の思想であった。だから、「一　戦後の戦争歌」のところで、占領軍も、自由主義者も、マルクス主義集団もそれぞれに啓蒙主義であったと書いたとき、そこで論を近代主義の批判に転じることもできた。だがつまらぬ私論を張るよりは、多くの戦争歌を見ていく方をえらんだ。

こんどのシンポジウムで、アメリカ側の研究者たちの何人かが、〝ポスト・モダニズム〟への強い問題意識をもっているのが、印象深かった。

近代という時代が終わりかけている、私たちは近代の出口にいる、ということを、私は何度も言ったり書いたりした。だからはじめポスト・モダニズムという言葉を聞いたときは、そんなに抵抗感もなく、むしろ近しい感覚でうけとめたと言っていいだろう。

しかしそのうちだんだん違和感の方が強まってきて、なぜポスト・モダニズムを言うのか、その心理的・思想的な理由、というよりもアメリカ人の精神生活史からする理由を知りたい、と思うようになった。

国際会議や国際シンポジウムというのは、どこか歯がゆいところがあって、外国人の相手の言うことを急速に理解しながら反応していく――とてもできない――ことと、したがって双方の言うところが平行線のまますすむ――たいへん当然な――こととの、はざまにおちこんで、なお議論はしなくてはならない、そういう基本的な歯がゆったらしさがある。

私は短歌の表現する思想についてレポート（本稿の一、二節）と、ポスト・モダニズムという論点との中間に、J・V・コシュマンが出した〝主体性論争〟を置いて、じつにいろいろのことを考えた。

コシュマンと逢ったのはたぶん、一昨年の冬だったろう。はじめての電話の向こうで、主体性論争について聞きたいと彼は言っていた。約束の日に逢うと、彼は主に戦後の梅本克己の主体性論に関心を示していたのだが、主体性論が戦前にまでさかのぼるのを知り、総体として主体性論とはどういうものと考えるのか、と聞いてきた。

こう答えた――昭和の初年に、二段階革命論というのがあった。半封建的な日本ではまずブルジョア革命がなされ、この革命はひきつづき社会主義革命へ転化するという考えで、これが日本マルクス主義の講座派＝共産党の教条となった、主体性論とは、この性急で過激な革命の予測と、その「半封建的な」日本社会の現実のもとでの人びとの内面の心理との落差を、つなごうとしたもので、したがって二段階革命論の条件のもとでしか生じない議論だと考える、と。このとき実践上は、福本和夫が主張したような「分離・結合論」、すなわち極少数の前衛を分離し、練成したのち大衆との結合を計る、というセクト主義が生じ、他方そのセクトの教条から攻撃されながら、三木清の「人間学のマルクス的形態」（『思想』一九二七・六）や『唯物史観と現代の意識』（一九二八・五）のように、前衛の理論が現代人の意識・心理と内的につながりをもち、けっしてファナティックに突出したものではないとする理論作業が生じた。

二段階革命論といった戦略理論がなりたつ背後には、いうまでもなく当該の日本社会が不完全ないし未成熟な〝近代化〟の段階にある、という認識がある。そこで労働者階級も全体として未成熟であり、イデオロギーの上でも半封建的な天皇制の側から不断の影響を受けているので、革命の立場を堅持する少数の前衛をまず確保しなくてはいけない――これが実践上の「主体性」論である。

これに対して、理論上の「主体性」論は、前衛主体が少数で分離し孤立する必要はないと考え、日本人の理論意識はすでにマルクス主義と結合できるところまで成熟し、つまりは〝近代化〟している、と判断している（三木清周辺で師匠の西田幾多郎以下がマルクス主義とさまざまの形で接触し、対応したことについては、私の『西田幾多郎の哲学』を参照）。

昭和一〇年代の主体性論者加藤正は、subject（主観）をことさら「主体」と言い表すことの異様さを指摘していた。そして戦後の主体性論者梅本のばあいは、むしろ西田や三木の哲学ないしは和辻哲郎の倫理学・精神史研究が到達している水準にくらべ、マルクス主義は全体として「総論」的な粗さにとどまっていて、現代意識とのあいだに「空隙」すら生じている、との認識があった。

マルクス主義を無条件に最高の理論とする実践上の「主体」性論が、理論上の主体性論をことごとく修正主義者とみたのは当然のことだが、さしあたりいま私たちが注目したいのは、それぞれの背後にあった〝近代化〟の程度についての認識の相異である（それがまた労農派と講座派とのあいだにもあった）。

キャロル・グラックが「戦後とポスト・モダーン」について報告したとき、そして「反動としてのポスト・モダニズムはあるが、抵抗としてのポスト・モダニズムはありうるのか」と問いかけてきたとき、私は、主体性論とその背後にある〝近代化〟のとらえ方のちがいを考えた。梅本以後、主体性論が消失したのは、高度成長期をへて、近代化——あれほど日本の内外で問題とされた——の段階が終わり、それどころかポスト・インダストリーすなわちポスト・モダニズムが、日本社会にひろく問題視されるようになったからである。

それはもはや、二段階革命論どころか、資本制から社会主義への変革をすら、再検討させるものであった。近代の〝時の博物館〟への通過に対しては、近代の入口での思想——たとえばホッブズ——が有効なのであって、抵抗としてのポスト・モダニズム思想はないように思われる。ヴァレリーではないが、人間は後向きにしか未来に入れないのだ。

グラックの報告を聞いていて、私は、日本の哲学者たちだけでなく、アメリカの学者もまた、ポスト・モダニズム理論に傾聴するところが大きいのを知った。

たとえば二〇世紀末の歴史叙述において、「歴史を知る主体も知られる主体もともになくなり」、歴史は「認識論的な泥沼になった」――といった発言を聞くと、数年前に和光大学の安永寿延らが日本に呼んだ、ボードリヤールの〝シミュラークル〟〝シミュラシオン〟説が思いうかぶ。

ボードリヤールは、はじめこれらの概念を現代社会を批判するものとして使いだしたのだが、それから一〇年程して、型（モデル）とその模型（シリーズ）、もとのもの（オリジナル）と写し（コピー）、ほんものと偽ものなどなどが混同して、どれがどれなのか不明となり、いわば近代の枠組みがすべてこわれたのは、悪いことばかりではなくていい面もあると思うようになった。――と語った。これを聞いて私は、ボードリヤールが近代の批判理論で近代社会を批判する立場から、ポスト・モダンへと微妙に思想の歩幅をのばしたと感じたことだった。

グラックは、ポスト・ウォーとポスト・モダンを区別しつつも、それが相互に依存し、ポスト・モダンとしてのポスト・モダニズム、ポスト・デモクラシー、ポスト・マルクシズムなどなどを生じさせている、と語った。

これはまことに日本的な時代区分だが、昭和というおよそ六〇年にわたる時代の中で、㈠いわゆる主体性論は昭和初年から戦後（ポスト・ウォー）すぐまでの、前半三分の一の時期に生じた。この背後には先述のとおり日本の〝近代化〟の程度をはかるということがあった。㈡そのあとの二〇年ほどのあいだに、日本は〝近代化〟どころか〝高度工業社会〟をうみ出す高度成長期を通過した。その入口（昭和二六年）で「もはや戦後ではない」ということが言われた。㈢さいご三分の一の時期、日本の内部でもポスト・モダンへの模索がはじまった。もはやモデルとなるべき先進社会・文化はなくなった。もはやモダニズムの段階は通りこした、――という議論がさまざまのニュアンスで語られた。

グラックは、さいごに、近代を通じて支配的だった一般論はなくなり、かわって特殊性にしがみつく情緒的なネオ・ヒストリズム（新歴史主義）になってきている。という趣旨のことを言った。それこそ情緒的に共感できる考え方であったが、一般と特殊との区別が、本質と現象、前衛と人民――あるいは後衛も入るかもしれぬ――などと同じく、近代の枠組みの中での対概念としての区別ではなく、モダンの一般と関連する特殊と、ポスト・モダンという時の相のもとでの特殊とは、慎重に区別して考えていくべきであろうと思った。

そのポスト・モダンの特殊が、確かに現在の私たちの社会の中に、すでに個別に出現してきているのは事実だと思う。ボードリヤールのいうシミュラークルなもの（日本語でいうもどき）がその一つであろう。

ただ先に書いたとおり、現社会（という旧体制）の唯中でこれがポスト・モダンの事象だと指摘するのは、神の領域に属する仕事（わざ）であり、ポスト構造主義の諸思想を――もはや哲学には怠け者となってそうそうは、眺めてはいないが――見ていると、全体として近代の崩壊を（著者たちの意識をこえて）示しているにせよ、その著者たちの意識的な主張・思想にポスト・モダンを領導するものは見出せない。

一九世紀は、個人の能力の方が社会の達成度をこえて未来を予見できた。予見した個人を天才と言った。一九世紀はそれぞれの領域（哲学にせよ、芸術にせよ）に天才のあふれた世紀であった。二〇世紀は社会の達成度の方がはるかに――一九世紀なら天才となれた――個人の能力をこえ、個人はその社会の達成度にあとからおいつくのが精一杯で、たいていはまず及ばない。二〇世紀は天才がいっせいに各領域から姿を消した世紀である。

達成度の高い文明社会では、日に日に、シミュラークルの自己増殖が進行し、もはやその拡大と速度に追いつくのはもとより、それを認識することすらできない。グラックのいうとおり、認識主体も認識対象もことごとくもどきとなりはて、認識（論）は泥沼となりはてたのである。


（立教大学による日米学者のシンポジウムの記録、「戦後日本の精神」、岩波書店、二〇〇一・九・所収）

**長歌**（右の三　若干の感想）**への反歌**

オリジナルありてのコピーと思いしにシミュラークルが帒算よと嗤（わら）う

（二〇一八・三・三桃の節句）

※

追而書　私といえども、三十歳台までは哲学的思考を追っていた。その哲学は、しかし、客観―主観、対象―意識、物質―観念、なんと言おうとも、まずオリジナルがあり、それが人間の諸能力を介して、認識されたものがコピーであった。それが崩れた。日本では昭和初年に中井正一を中心に「美・批評」グループが、映画・映像がうみだす、写実をこえた、いうべくんばオリジナルから自立したコピーの美を追いかけた。機械美とも言った。西洋ではナチスの全体主義に追われながらベンヤミンが、周知のようにコピーの自立を告げていた。観念という細胞形態から分析をはじめ、ドイツ観念論の總体を批判的に再構成しようとの私の企図（「現代哲学の設計」一九五九年、弘文堂）は、このコピーの自立という時代の新しい徴候を前に、頓挫した。試みたとしても、それは一時代前の哲学への批判にすぎず、新しい時代の動向にこたえる哲学の仕事とはいいがたい。過去の哲学の史的研究は私の性にあわない。コピーの自立を端的に示したのは、映画であり、ついでテレビである。いずれも活字・メディアとはちがう、中井たちが機械美と読んだ新しい機構的なメディアの所産である。このメディアの交替は、当時の私の用語では、精神的交通、要するにコミュニケーションにかかわる。私は観念分析の方を中断して、コミュニケーション論へ足をふみいれた（「コミュニケーションの社会学」一九六三年、有斐閣）。コミュニケーション論というよりは映像論と言った方が正確かもしれない。早い話が、日本に生れたばかりのテレビ（白黒からカラーへ）について、その映像の理解と批評に熱中した（「映画・テレビ風物誌――映像の世界をたずねて」一九六七年、番町書房、「コミュニケーションの文明」一九七二年、田畑書店）。

テレビは一九五三年二月一日NHKが本放送を開始し、五九年四月の皇太子成婚の中継でブームをよび、六〇年九月一〇日にカラーテレビの放送が開始されたが、カラー時代はその普及率が三〇%をこえた一九七〇年ごろとされている。テレビについて大宅壮一さんが、テレビは「一億総白痴化」だと言った。私たちは反撥したが、今になって今のテレビを見ると、大宅さんの卓見に服するほかはない。すなわち自立したコピーであるはずのテレビ映像は、今やボードリヤールのいうシミュラークル（もどき）そのものである。CMに使われる役者の役とは言えないばかげた仕草、それにひきずられてタレントと称する役者もどきが、言葉も美しい日本語をこわすもどき語で、およそ無意味なだじゃれを言っては自分たちだけで互いに手を叩く。シミュラークル映像ばかりである。上にシミュラークルの鼡算と言った。オリジナル―コピーは一対一の対応だが、シミュラークルの自己増殖は鼡算式にとめどがない。こころみに昭和三〇年（一九五五）版の広辞苑で鼡算を引く。――和算で「正月に雌雄二匹の鼡が十二匹の子を生み、二月には親子いずれも十二匹の子を生み、毎月かくして十二月に至れば、鼡の数は$2\times7^{12}$の算式により、二百七十六億八千二百五十七万四千四百二匹の大数になる」というような算術の問題。これをカタカナ語の氾濫に閉口してやれやれと需めた第七版でみると上の「　」内は日本最初の算術書である塵劫記(じんこうき)のもので、また二百七十六億……といかにも和算風に漢数字書きだったのが、二七六億八二五七万四四〇二匹となっているちがいがあるだけである。この伝で、カラーTV時代（一九七〇年からおよそ半世紀（$2\times7^{600}$)、鼡(シミュラークル)の数はどれほどになりますか。私がうたがいもなく保守するのは、近代の自然(ネーチュア)（オリジナル）とそこから生じた自然人間(ヒューマン・ネーチュア)（コピー）との照応である。まことに、もと(オリジナル)があってのうつし(コピー)で磐石だったのに、たがが外れてシミュラークルが鼡算よとうそぶき笑う世（代）となった。大宅壮一さんに服す所以だ。

（二〇一八・三・三、三月上巳）

# 天の河（あまのがわ）

朝、私の古事記の講読を聴いている木山純子さんから電話が入った。先生の和歌が新聞に載っています。間もなくファックス、やがて切抜きも届くにつれ、事情が分かった、長谷川櫂さんが、読売のコラム「四季」に私の腰折をとりあげた、と。六十年ほど前に物書きとなってさいしょに出した「戦後思想史」を、経済学者の大熊信行さんが、過分に書評してくれたが、それにしても歌は腰折だ、と締め括っていた。昭和初年から歌誌「まるめら」を主宰した歌人の大熊さんとしては、当然だった。爾来、文章ならともかく、歌をひかれたのは空前絶後のことだ。この作は三十三年前だが、

六つ（むっ）昔幼な心に受け入れし無限の無声（こえ）を今もなお聞く

櫂さんは素敵な短文をつけていた。（私自身はそんな素敵な哲学者にはなれなかったのだが）

「無限の無声」とは何か。おそらく人類が誕生する以前、あるいは人類が言葉を獲得する以前から宇宙を満たしていた永遠の沈黙。少年時代にそれに気づいた人は詩人か哲学者になるかしかない。

右歌は「北の町稚内での歌」（雑文㈠最末尾）九首の一つ。還暦の年。日本書紀のことだけしようと決めた年。大学で同僚の鳴海正泰さんと二人で稚内へ行った。私にとっては北帰行である。この町へはじめて来たのは七歳、十一歳まで居た。北ぐにの透んだ空には満天の星が広がっていた。星はまたたくと知ったのも稚内だし、夏空を流れる天の河の神秘さは、心の底に深く影をおとした。昭和九年であったか、オホーツクの海岸沿いに皆既日蝕が移動した。稚内はわずかにはずれていたが、小さなガラス板をローソクの煤で黒くして覗いた。天の河、日蝕ともに無声。だがどんな声音よりも心の内深くにとどいた。

その昔幼なけれども天空に流れるごとき天の川見き

今は努力しないと天の河を見ることができない。満天の星もそうだ。日本一、星の見えるところと銘うってツァーが組まれる世になった。某所で天を仰ぐ。見得てびっくり仰天である。こういう環境で育つ人間は、どこか肝心の所がいびつになって居はしないか。

神奈川近代文学館の桜に、芸亭の桜と名づけたことは別に書いた。このとき古沢太穂さんが、

ややは冷え来し芸亭のさくらかな

と付け句したのも記した。太穂さんからはまた句集「捲かるる鴎」（一九七九年）をもらった。その中に、

一せいに反る海苔の音老いの耳

の一句、ひとまわり年長の太穂さんが伝えた老いの案内と受けとめた。句集の名となった、

喪の十一月河強風に捲かるる鴎

馬入川の河口で今も見る実景に、死者への別離の情を重ねて、痛切である。私はまた、中学生のときとさいしょに教師になったときを、北海道の南の町函館で過した。だから次句の実景にも親しんだ。

いつまで寒し啄木忌すぐの海

立待岬

はまなす咲く日までへ海よ啄木碑

はまなすの咲く日までへの助詞へは、名詞辺からの転と知れば、この句がもつ時と空間の重ねが好ましい。

太穂さんらの師匠加藤楸邨が、有名な自句、

おぼろ夜のかたまりとしてものおもふ

について、次のように記している。

「誰か柚子を持ちてゐるらしデモの中」といふやうな句が出来るときは、何か胸中にいきいきと躍動するものが感じられて、ひとりでうなづくことが自然にできる。ところが「おぼろ夜の」のやうな句の場合は、〔中略〕何かかたまりのやうなものが自分の中にころがってゐて、なかなか句らしいものになってくれないのである。

これは俳句に限ってのことではない。人間が言語で重いなにかを表わそうとするとき、誰でもが行き当る処だ。えてしてひとりよがりになりかねない。エセーや論文でも心内の思考（もの思ふ）をあらわしかねて、ついつい、晦渋で舌足らずな、あるいはもってまわった冗舌なもの言いになる。そういうとき、自戒として思いだすのが、マルクスの、言葉とは他人に理解されて始めて言葉になる、である。

楸邨にいくつかの天の川句がある。

天の川泣寝の吾子と旅いそぐ（穂高、昭和15）
天の川怒涛のごとし人の死（野哭、同23）
天の川鷹は飼はれて眠りをり（砂漠の鶴、同23）
天の川わたるお多福豆一列（怒涛、同60）

名だたる俳人に不遜な言い様だが、私の心の琴線に触れる天の川句が右にはない。大岡信は、楸邨を悼む一文で、天の川を一列のお多福豆と見た句を、「牡蠣の口もし開かば月さし入らむ」などとともに、晩年の楸邨が「多様なひろがりの世界」をひらいたとしたが、独立の一句として見れば、お多福豆一列は、俳句のもつ諧謔味ともちがうし、「かたまり」をうまく表現できず、熟さぬままに終わった、と私にはうつる。

二句目に天の川を入れた句もある。

十二月九日、午後七時半警報、一機信越に向かふと、信濃の子等を思ふ

信濃路へ冬天の川ながれをり（火の記憶、昭和23）

沙漠に病みし日より天の川ものを言ふ（怒涛、昭和23）

句集「火の記憶」の戦争末期の諸句にはまま前書きがつけられており、戦況や銃後の出来事が記されている。右二作のうち前作がその一つで敵一機が信越方面へ向かったというのに反応し、信濃へ疎開させた子等を案じた。その緊迫感と手のとどかなさが、見上げて「冬天の川ながれおり」となった。つぎの一句は同じような、しかしもっと緊迫した境位での作で、戦中派の私の心緒深くひびく。「玉砕」（全員戦死）の悲劇的な絶望感と、どうしようもなく仰ぐ夜闇の天をつらぬく天の川と、ぴたっと重なった絶唱である。先引の、天の川、怒濤のごとし人の死（野哭）の完成した慟哭句だ。天の川垂れと果てに果てとが響きあい、慟哭している。

八月二十九日大宮島、テニアン戦死報

目の果に天の川垂れそこに果てき（砂漠の鶴、昭和23）

哲学・思想界でのポスト・モダンの動向に、私は、時代的認識としては共感するが、老近代人として譲れないのは、人間が自然人 human-nature だという近代の遺産である。自然を、直接詠おうが詠うまいが、自然——地球も天の河もその内——を離れて眇たる人間はありえない。時代は急速に複製人 human-copy へ進むかのようだが、そこに自然人の心はあるのか、残るのか。冬天の川の句の次にひいた「沙漠に病みし日より天の川ものを言ふ」は、「ものを言ふ」が自然と共に、いや自然として在ることを告げている。病んでみると、在るはただ、一面の沙漠と、それと無限の果で一つになる天の川。それが「ものを言」いだしたのである。古人言えらく、旅に病んで。

句集「火の記憶」（昭和23）に、

五月二十三日、夜大編隊侵入、母をば金沢に疎開せしめ上州に楚秋と訪れ、帰宅せし直後なり、わが家罹災

火の奥に牡丹崩れるさまを見つ

年譜をみると「図書一切、原稿全て焼失」とある。右の句をひきつぐかの句が、同年の句集「野哭」（昭和23）にみえる。まずは「火の中に死なざりしかば野分満」に始まり、

天の川怒涛のごとし人の死へ（傍点山田）

火の記憶牡丹をめぐる薄明に（同）

素人見だが、「まぼろしの鹿」（昭和42）、「吹越」（昭和51）、「怒涛」（昭和60）、さながらホップ、ステップ、ジャンプと、楸邨の独自に落ち着いた句界がひらけたと思う。そしてその諸作の中に、彼が「怒涛」と言い、「牡丹」と言う二語が、哲学でいうカテゴリーのようにはたらいている。前稿をもじって言うなら、まさしく戦後の戦争句、喪の戦後句である。

牡丹の奥に怒濤　怒涛の奥に牡丹（怒涛、昭和60）

唐招提寺
鑑真の冬松風は怒涛にて

怒涛は天の川、その果てにあのアッツ島、テニアン島その他の玉砕・戦死、銃後でも誰彼の戦災死。牡丹は一切を喪失した記憶。思えば楸邨という俳人は、昭和23年の句集に、戦後の戦争句を牡丹の崩れるさまに詠じ、また喪の戦後、おぼろ夜のさだかならぬ「かたまり」を句にせんと「もの思い」し、ふいと悟達にも似た抜けた表現に達した。楸邨の才をもってしても一句一句、微を積みて至るほかはなかったのである。鑑真の冬句とならび、

百代の過客しんがりに猫の子も（雪起こし、昭和62）

これはいい。絶妙に定っている。おのずと諧謔味も出、楸邨一代のもの思いが、軽みに言葉となった。

さて、天の川(がわ)（河とも）ってなんなのだ。広辞苑一版に言う、「（中国の伝説に牽牛星と織姫星とがこの河を渡って、七月七日に逢うという）暗夜乳白色の微光を放ち、天球を帯状に横切る天体。銀河系の周辺に位する無数の恒星の集合体。銀河。漢。天漢。河漢。天の戸河。（そして万葉歌の例を挙げている）」。では七版「〔さいしょの（　）内は一版に同じ〕銀河系の円盤部の恒星が天球に投影されたもの。数億以上の恒星から成り、天球の大円に沿って淡く帯状に見える。〔以下、一版に同じ〕」

（二〇一八・三・五）

＊がんこに昭和三十年版、つまり一版の広辞苑を使ってきたが、現世にわかに日本語の中にカタカナ語やＡＩといったアルファベット語があふれた（これがグローバル化か）ので、七版机上版をもとめた。おかげで老来持ち分のへった時間が、両版をひきくらべる倍の時間におびやかされだしたが、これがまた意外とたのしい。編集者だったとき、新村出先生に一つ一つの語にその語の歴史をもいれた日本語辞書を作りませんかと申し上げたら、残り少ない老人をはげましてくれてありがとう、と返事されたのを思い出す。二〇一一年一二月、築島裕を代表とする「古語大鑑」（東大出版会）第一巻（あ〜お）が刊行された。一語一語「確実な文献から、正確且つ豊富な用例を集める」（築島）という原則に立つ古語辞典の誕生である。国語学者の学術的探究と、編集者の編集作業と、一字一字の微を積みつづけた努力に、打たれる。

# 付　長谷川櫂さんの「俳句の誕生」を卒読

こう書いてきて、書き終えたところに、櫂さんの新著「俳句の誕生」が送られてきた。書いたばかりなので、楸邨について述べていることころを卒読した。

日本語をはなれし蝶のハヒフヘホ

など五句をあげているが、そのさいごが例のおぼろ夜の句だ。ハヒフヘホの句は楸邨句集でおもしろいと見た一作だった。日本語で詩がかけるか、は大岡信らが真剣に苦しみ問うたところだ。少し長いから、中略を入れて引く。

日本語でものを書くということ、とりわけ詩とよばれるものを書くということの困難さについて考えることがしばしばだった。〔中略〕私たちが日夜どっぷりとつかっている日本語という言語そのものの中に、何かしら難しい問題が潜んでいるのではないか（抒情詩に関しては、短歌・俳句が、現代詩のとても及ばぬほどの、日本語が生み出しうる詩形だ、としつつ）しかし…〔小略〕一層複雑な観念世界を詩のなかできずきあげ、時には長大な詩篇をも堅固な言葉の建設物としてそそりたたせるというようなことが、私たちの日本語で可能なのかどうか、〔下略〕。（「うたげと孤心」

岩波文庫版4頁)

それぞれの分野で同じような問いが発せられよう。また日本語、ゲーテが「ファウスト」を書いたドイツ語、わずかに二〇字の五言絶句、二八字の七言絶句など、漢字だけの中国語、またその他すべての言語、それらを以下「日本語」と書く。なにも日本語だけが孤立して「難しい問題が潜んでいる」特殊な言語なのではなかろう。その「日本語」で哲学を表現できるか。「日本語」で歴史を叙述できるか。「日本語」で詩を書くことができるか。私の答はすべてできる、である。哲学が、歴史が、詩が、すべての人間のもの、人間に必要なものであるなら、人間と切り離しがたい言語はかならず達成する。だがこの達成は、それぞれのその地での人類発生以来の時すべてと、その地での人間の努力すべてを合わせての話で、ときどきの個々人にとっては解きにくいなやみとなる。

　心のたけを、心の奥深くひそむものを、なんとか表現したい、言葉にしたい、日本語にしたい、—と悩む。楸邨にとって、おぼろ夜のかたまりをどう日本語であらわすか。ええぃ、どうにもならんわ、日本語(ことば)め。それが言葉になった。「日本語をはなれし蝶のハヒフヘホ」。蝶はまっすぐには飛ばぬ。上下左右、さながら運筆の如くにとぶ。あ、ハと書いた、と思ったらフと飛びおった。

　私には世評に高い「おぼろ夜の句」は楽屋裏の句で、舞台にあらわれた句が、蝶のハヒフヘホ、しんがりに猫の子も、だと映る。そうだ、雑文㈠の、中洋を歩いて考えたこと補遺で、ポランニーが、社会に埋め(エンベッデッド)こまれていた経済が社会から離床(ディスエンベッデット)すると市場経済になる、と面白い表現をしていた(エン／ディスエンベッデッドの二語はポランニーの造語だろう)ことを、書いた。それを借りると、おぼろ夜の句は、もの思う心にエンベッデッドしていた句で、ハヒフヘホ、しんがりに猫の子の句は、言葉にディスエンベッドした句である。思う心で「日本語」をあなどるのは本末転倒であろう。いかなる才能の持主といえども、思う心は眇たる個人の〝未熟〟の域で、人類が発生以来つみ重ね練りあげてきた「日本語」の方が、はるかに〃成熟〃している。心の思いは言語表現に到達して、はじめて名句、名文、名論に成熟する。日本語をはなれし蝶のハヒフヘホ。蝶は日本語を離れて飛ぶが、離れてハヒフヘホと「日本語」で表現しえたことでこの句は、成熟の域に達したのである。

猫の子のくんづほぐれつ胡蝶かな　其角

俳句は歌にくらべて私の理解に遠いものだった。「俳句の誕生」はその欠落を埋める著に思える。櫂さん、精読します。

（二〇一八・三・八）

# 山本周五郎、生誕百年に寄せて

山本周五郎は、明治三十六（一九〇三）年の生まれ。それで本名を清水三十六と言った。今年で生誕百年である。ひるがえって思えば、昭和四十二（一九六七）年に六十三歳で亡くなってからも、すでに三十五年の歳月がたった。没年から三年をかけて『山本周五郎小説全集』（三十三巻、別巻五）が、刊行された。ぼう大な作品群だ。

ほとんどがいわゆる髷物、時代小説である。いまはテレビでも映画でも、髷物ははやらないが、山本周五郎の作品は、続々とテレビ化され、映画になった。昭和三十九年に限っても、「樅の木は残った」（東京12チャンネル＝現・テレビ東京）、「虚空遍歴」（TBS）、映画では「五瓣の椿」（主演・岩下志麻）、「さぶ」（長門裕之、小林旭）などである。

けれども、山本周五郎の作品は、たんなる時代物ではない。髷物で書かれた現代小説である。昭和四十年に黒澤明が映画化した「赤ひげ」が、昨年末の十二月二十八日にフジテレビ系でドラマ化された。そして「さぶ」もまた、新橋演舞場の舞台にのり（二十七日まで）、気の早いマスコミは、時代物の復活を予測したりする。しかし、くりかえすが、山本周五郎の作品は、たんなる時代物ではない。

たとえば、「ひとでなし」という作品がある。手短かにいうと、およう は、父から言われるまま、子飼いの職人の力造を婿とした。父が死ぬと、力造は博奕と女道楽で店をつぶし、あげく石川島の人足寄場に送られた。だが仲間を語らって脱けだし、身替りに入墨者二人を殺し、藉外者となって悪の限りをはたらいた。ついに世を狭め、上方に逃れようと企む。

逃げるのに、仲間と二人では関所などであやしまれる。女を一人かどわかし、夫婦者に男一人という組合わせに見せかけよう。力造がねらったのは、元の妻およようである。仲間の吉次が、すでに、おようの家の勝手口にしのびこんでいる。

おようは、幼なじみの、津の正主人康二郎から、求婚されていた。いったんは承諾したおようだが、いま吉次の前で、康二郎に愛想尽かしをいう。「あの人は、しんからの人でなし」だが、「可哀そうな人」だ。「資産があって旦那旦那とたてられて、どこに一つ非の打ちどころもない人には、泥まみれ傷だらけになった人間の気持はわかりやしません」。わたしが津の正のご新造だなんてとんでもない、どうか帰ってください。

大川端へ出てきた康二郎を、吉次が呼びとめる。旦那はおようさんと、このまま別れはしないでしょうね。そしてすべてを打ちあける。あの人〔およう〕は、あの人でなし〔力造〕を、可哀そうな人とかばった。「聞いていて、あっしは、もういちど人間に生まれてきてえと思いました。あいつ〔力造〕のことはあっしが片づけます。どうかおようさんを仕合せにしてやっておくんなさい」。

どんな苦境、たえがたい悲運の中にあっても、そこからひょいと逃げ出すことを、自分に許さない。どん底でも守らねばならない人間の在りようがある。そんなおようだから、吉次に、もういちど人間に生まれてきてえ、と思わせたのである。

「将監さまの細みち」のおひろも、けがで働けない夫や子をかかえ、苦界におちて身を売っている。幼なじみの常吉が助けの手をさし出すが、心でのぞみながら、悲しみに堪えながら、おひろは動かない。いや、動けない。周五郎がたびたび描く、おようや、おひろらの、凛烈な決断、選択が、人でなしを人間にひきもどす。どんな苦境であっても、そこに生きていればこそ、失おうとしても失うことができないものが、人間にはある。山本周五郎はそこをひたと見すえている。

倒産、リストラ、ホームレス、それを汚ないと殺す少年たち、などなど。現代日本の中に、悲劇、苦界はいくつもいくつもある。どんなに泥まみれになろうとも、傷だらけであろうとも、そこに生きる人間に、人間としての権利と誇り、人権と尊厳を認め、保つ。現代の人権思想を、山本周五郎は髷物で語っていたのである。

晩年の山本周五郎は、永年の宿題、〈徳川家康〉を書いたら、髷物と訣別(けつべつ)して、現代小説を書くつもりだ、と話したという。周五郎ほどの作家でも、自分のことは分からないのかもしれない。見てきたように、彼の髷物は十分に現代小説に値したのである。

(産経新聞、二〇〇三、一、一一)

やまだ・むねむつ　大正14年、山口県生まれ。京都帝大哲学科卒。元関東学院大学教授。哲学・文明論、日本書紀の注釈を手がける。著書に『山本周五郎』『道の思想史』『日本書紀史注』他。

※

山本周五郎さんとは、とうとう逢わず仕舞になった。朝日の記者で、山本さんの秘書のように、この作家の全てを熟知していた木村久邇典さんが、いつでも仲立ちすると言ってくれたが、作品の好ましさと作家の性癖とが往々乖離するのを見聞していたし、そもそも人見知りの性(たち)だったこともあり、先伸ししているうち、意外に早く山本さんはこの世を去ってしまった。

神奈川近代文学館で催したさいしょの山本周五郎展で、奥野健男、木村久邇典と三人で、編集委員をつとめたのには、逢わず仕舞にしてしまったことへのつぐないの気持もあった（奥野・木村ともに先立って、ここでも私一人が残っている）。一九七四年、私は「山本周五郎―宿命と人間の絆」を出版した。一人の作家について本を書いたのは、後にも先にもこれだけである。いま旧著をとりだしてみると、長洲一二、木村久邇典、中村雄二郎三氏の献本への礼状がはさんである。本にするとき、旧稿に新しく書きおろしたものをつけ足した。その中の「失うことができないもの」に、右の生誕百年への寄稿でごく簡単に言及した「将監さまの細みち」について書いた箇所がある。それを次に補っておくこととした。

（二〇一九・一・六）

『将監さまの細みち』の主人公は、おひろという。亭主の利助と子供をかかえ、おひろは岡場所の女をしている。おひろと利助は幼馴染で、その幼馴染にもう一人常吉がいた。利助はいつも常吉に負けて泣きべそをかいては、遠くから「おーやおや」とからかう弱虫であった。その弱虫が「ずるく」先走っておひろと結婚したが、それからおひろに苦しい日々がはじまった。働きのない利助は病気になり、せっぱつまったおひろが岡場所で軀を売っているのも承知で、病気はよくなったのにずる休みしている。そのくせ、おひろが泊りをするといやみをいう。「五十年まえ、――」「五十年あと、――」と呟くのがおひろの癖になっていた。

ある日、どうしても泊らねばならなくなる。酔ったおひろは、好きだった常吉と遊んだ想い出のある唄を、われしらずくちずさむ。あいかたの客がその唄の文句に気をとめる。客は常吉の同業の友人だった。常吉がおひろをさがしており、幼いときにすごした路地でしかうたわれない独特の文句が、一つの手がかりだった。訪ねてきた常吉の話を聞きながら、おひろは「罰だ、罰だ、――」と心のなかで呟く。常吉は、利助に十両やって木更津へかえし、子供はひきとる、という。「ひろちゃん、ここまでやれば充分だ、充分すぎるくらいだ」

おひろは泣いていて、客の話しは殆んど聞かなかった。けれども意味はわかった、聞いているとは思わなかったのに、客の云ったことは始めから終りまで残らずあたまにはいり、茫然と、手放しで泣きながら心のなかで頷いたり、かぶりを振ったりした。

あたしはもうだめだ。あたしはもういない人間だ。あたしこの店へ来たとき思ったの、――五十年まえには、あたしはこの世に生れてはいなかった、そして、五十年あとには、死んでしまって、もうこの世にはいない、……あたしってものは、つまりはいないのも同然じゃないの、楽しいおもいも辛いおもいも、僅かそのあいだのことだ、たいしたことはないじゃないの。

常吉はおひろの述懐に感動し、おひろも決心して、利助と別れようとする。ところが帰宅したおひろをまちうけて、利助は、性根をいれかえて働くといい、仕事もみつけてきたという。幼いときの利助と同じに、巧まずしてかれは、泣きごとで先手をとる。「常さん、あたしをつかまえていて」というおひろの呟きもむなしくなる。そして、「常さん、この唄はもう一生うたわないことよ、今夜っきりよ」と心のなかで呼びかけながら、おひろは、囁くようにうたいだす。

ここはどこの細みちじゃ――
将監さまの細みちじゃ
ちょっと通して下しゃんせ……。

（一九七四年七月以前）

## 三人のヒーロー——ひとつの視点

われらが神奈川近代文学館で、「不滅の剣豪(ヒーロー)3人展」を開催することになった。往年の時代小説狂としては、まさしく、血わき肉おどる思いがする。

私は故青木雨彦のあとをうけて理事になった。彼が心がけていた新聞小説展を実現したいと思いつつ、徒然にうちすぎていた。剣豪三人展は青木の構想にもやや寄ったように思え、楽しみである。三人みな、新聞・雑誌の読者多くを熱狂的にひきつけ、ヒーローとなった。

青春の日に魅せられた作品は二度と読まない方がいいという。同じように、少年の目に光り輝いていた剣豪ヒーローも、年をとってみると、色が褪せてみえてくる。老いるのは侘しいことだ。

鞍馬天狗は、私より一つ年上である。だが、初出(鬼面の老女、大正一三年)のときすでに四〇に近く、維新のさい四〇だった西郷隆盛と同世代ということになる。

鞍馬天狗を好きか、といま問われると少しとまどう。嫌いではないが、入れ揚げるほどでもない。加太こうじは天狗を「人間くささを非常に少なくした知的で清潔な剣客」と言った。加太に共感した縄田一男は、「大衆文学史上、最も紳士的なヒーロー」と言い直した。知的で清潔で紳士的なものに入れ揚げることなどできはしまい。これらを属性とする性格の時代を求めてみると、大正デモクラシーにゆきつく。天狗にも、生みの親大佛次郎にも、大正デモクラシーの刻印がある。知的で清潔で紳士的だが、人間の業やしがらみから足を抜いているところがある。

私が天狗にあったのは、昭和一六年ごろ、週刊朝日にのった「薩摩の使者」以来である。旧制水戸高校に入学してからで、この年の一二月、太平洋戦争が始まった。もう少しはやくあっていたなら、このヒーローに入れ揚げる時期をもてたのかもしれない。

鞍馬天狗の作品は、ほとんどが昭和に書かれた。その意味でだけ天狗は昭和のヒーローだが、本質的には大正民本主義のヒーローだった（民を以て本とすとは、専制君主の政治スローガンにすぎない）。では、昭和のヒーローとしての剣豪は誰か。昭和という時代は、敗戦を境に、戦前と戦後との二つにひきさかれている。昭和戦前のヒーローは、宮本武蔵である。昨年末、小島栄熙『宮本武蔵の真実』をおもしろく読んだが、この正体不明の人物をヒーローにおしあげたのは、いうまでもなく吉川英治である。「『二天記』をもとに、作家の想像力をめぐらせた」（小島）。

吉川英治、面白い人物だった。戦後もそうたたぬある夏、軽井沢の別荘に訪ねたら、私は骨体美でと言い言い、はだけた浴衣をしいてかきあわせるでもなく、外国語をならうにはその国の女の腹の上がいいなどと、紳士的な天狗からすればけしからぬ話を、たくさんした。吉川武蔵の禁欲主義より、はるかによかった。ずっとのち、五味泰祐とも対談したが、えてして作家は、学者を相手にすると若干の露悪趣味にはしり、それがおもしろい話を紡ぐことになる、と知った。戦後の優等生作家より、戦前・戦中の世間からはみだした作家の方が、ずんと人間の奥行きが深かった。

『宮本武蔵』は、朝日新聞に昭和一〇年から一四年まで連載されたが、読まなかった。新聞小説でさいしょに読んだのは、一四年から一五年にかけて毎日新聞に載った、川口松太郎『蛇姫様』である。烏山の地名をはじめて知り、小説もおもしろかったが、思春期の入口にいたから、岩田専太郎の挿絵の妖冶艶麗なのにしびれた。『宮本武蔵』は、徳川夢声のラジオ朗読がよかった。武蔵が国民的ヒーローになっていくのに、夢声の話芸は大いに力があった。

宮本武蔵が国民的ヒーローになっていった意味を、片や保田与重郎、片や魯迅と相渉りつつ、汲みとっての立論が、竹内好の国民文学論だったと、私は見ている。泥臭い武蔵が、剣道者に昇華していく宮本武蔵の方が、鞍馬天狗よりも、国民的ヒーローだったのはたしかで、そこに反近代主義の竹内好が触るなにかがあった。

今年に入って、NHK大河ドラマが、宮本武蔵をとりあげた。二一世紀になっても吉川武蔵なのがおどろきである。吉川が定型化した武蔵を好きかと聞かれたら、嫌いだと答える。剣の道につきすすんで、お通をかえりみず、吉岡一門に勝つために幼な児を斬る。フセイン一門に勝つために一切をすてるブッシュのアメリカが、吉川武蔵だ。剣以外の一切を捨象した、抽象的な剣によって立つ。こんな剣の哲学はまっぴらで、私は断乎として、つっぱらかった武蔵をこっけいとみる、山本周五郎「よじょう」派に、属する。

戦後昭和のヒーローに、眠狂四郎をあげるのに、強い異論はもたぬが、円月殺法をふるう混血のニヒリストは、戦後の作物ゆえに、印象が明るい。幕閣の政治のゆがみにうごめく大官や、この世の経済のゆがみにおどる豪商を、ニヒリストゆえの円月殺法は、なんのしがらみもなく、裁ち斬る。結局は破邪顕正（はじゃけんしょう）、明るいのである。この狂四郎を好きか。否だ。嫌いではないが、いま一つ魅力の奥行がない。ニヒリズムが薄く透けている。

『眠狂四郎無頼控』は、『週刊新潮』（昭和三一年二月一九日創刊）に連載された。同時に五味康佑『柳生武芸帳』も連載された。この二作は、出版社さいしょの週刊誌を成功させるのに力があった。当時の私は東大出版会の編集者で、吉祥寺界隈の丸山真男、石母田正、竹内好、中野好夫らを尋ねることが多かった。本郷から吉祥寺までの車中、両作を読みふけった。その印象は、奥野健男が言うところに近い。「柴田錬三郎のアカ抜けしたニヒリズムの眠狂四郎より、まるで戦争中の陰湿なスパイ活動を思わせる忍者的『武芸帳』シリーズに、嫌悪を感じつつ、親近ともいえる執着をおぼえていた」。

五味武芸帳は、将軍家剣道指南役の柳生を、皇室・幕府の間に暗躍した政治的謀略集団に描きかえた。この影の柳生集団、裏柳生の発明は、個人的枠組でのヒーローを集団的枠組にふりかえた。裏柳生の「ヒーロー」としては、五味による柳生十兵衛、劇画『子連れ狼』、隆慶一郎『吉原御免状』における烈堂柳生義仙があり、隆によって、裏柳生に対抗する吉原道の者集団も構想された。企業の集団的戦略の時代＝戦後にふさわしい五味以来の構想だが、本来個人的な性格のヒーローは、それによって終焉のときを迎えさせられた。拝一刀、松永誠一郎がヒーローになりえなかった所以である。

（神川近代文学館館報No.80、二〇〇三・四・二五）

# かみそりの切れ味

私は昭和と同い年である。五〇歳のころといえば、つまり昭和五〇（一九七五）年ごろである。その五〇歳のころ、独立した息子が来て泊り、ときに私のカミソリを借りる。二枚刃の安全カミソリだったが、ある日、オヤジの剃刀(かみそり)はなぜ切れないいんだと息子が言っていたと、かみさんが言う。このとき、縮めていうと、二度目の時代の変化を感じた。

一度目は敗戦の年である。軍隊からもどり復学のため京都の大学の様子を見に行った。函館から連絡船で青森に行き、日本海側を一昼夜ほどかけて京都に着く。二等車（グリーン車の旧称）を通ると、真中辺に陣どった同年輩のアメリカ兵達が、ヘイジャップ、ゲッタウェイ、とどなった。手塚治虫は、白昼、大阪の町なかで、いきなりアメリカ兵になぐられた。この体験が、人間とロボットが差別なく共存する、〝鉄腕アトム〟の背後にある、と後年対談した折に聞いた。アメリカ兵の傲慢さに、敗戦という時代の変化が、ダイレクトに感じ取れた。

その六〇年前の敗戦時、安全カミソリは、両側に刃をつけたペラペラのうすい鋼片を上下にはさんだ代物で、たやすく剃り傷がつくわりには、すぐ切れ味がわるくなった。床屋での職人の剃刀使いは天国のような肌ざわりに思えた。だから二枚刃の安全カミソリの出現は、私にとって驚くべき出来事だった。その切れ味をこえる床屋はそうなかった。むろん使うほどに切れ味はおちる。どの辺で新しい刃に替えるか。私にとって二枚刃はずっと長い間、あのペラペラの一枚刃の鋼片の切れ味をこえていた。

　息子の方ははじめから二枚刃である。それですぐ切れ味がおち、私より数倍早くとり替える。その息子が、私にとって耐用限度内の二枚刃を使うと、まるで切れない。なぜオヤジはこんな切れないカミソリを、ということになる。私たち旧世代の切れ味の水準は、息子たち新世代にとっては、とうに廃棄すべきものだった。時代が変ったと思った所以である。

　いま、いろんな分野でハングリー精神の欠如が言われる。サッカー、相撲、囲碁、製造業…。学問の世界でも同じである。なんであれ飽食の先進社会人は物事への渇望に不足があり、飢渇に発する後進社会人のハングリー精神に、おくれをとる、と。

　私の大学生時代は、敗戦をはさんで昭和一八年から二一年までである。食は乏しく暖房もなく、寒さにふるえながらカントを読んだ。また一生の単位では、戦前・戦中の専制から戦後の自由・民主へ、戦前の後進社会から戦後の先進社会へと、じつに大きな変動を体験した。へそ曲りの私はどれも読まなかったが、西田幾多郎「善の研究」、出隆「哲学以前」、阿部次郎「三太郎の日記」は、旧制高校生の必読書とされていた。戦後になって出隆さんと接し、「ドイツ・イデオロギー」の読書会を共にしたりしたが、その時「善の研究」を大正デモクラシーの哲学として読んだ、と聞いた。先の三人三著いずれも個の覚醒、自我（私）の確立をすすめている。閉塞の時代であったが、人は、個性的な自我の充足を渇望した。私たちの哲学の師匠、西田幾多郎の哲学は、一言でいって、個はいかにして普遍となりうるか、を探究した。

　この思想状況と、あのペラペラの鋼片の安全カミソリとは、同じ時代の現象である。急速な時代の変化は、あのやくざな安全カミソリをなくし、二枚刃の切れ味を招来した。二枚刃になったころ、自分が分らず（自我喪失）自分がどういう職業につけばいいのか分らぬ学生が、各大学のカウンセラー室に押しかけるようになった。飽食の先進社会は、津波のように、自我の確立、個の充実、人格の練成を押し流した。

いま安全カミソリは電動シェイバーにとってかわられつつある。三枚刃がしばらくつづいて、はや五枚刃へと替った。それにつれ、自我の喪失どころか、働かない若者（ニート）がめずらしくなくなった。その数二六万とも三〇万ともいう。安全カミソリの来し方行く末は、何を語るのであろうか。渇望した自我の確立は、どこへ行ったのか。個は、高度先進社会の中でほんとうに自立できるのか。飽食社会に哲学はなりたつことができるのか。

二〇〇五年「戦後六〇年に思う」と題して、神奈川県近代文学館のメンバーが、神奈川新聞にバトンタッチで連載した。その第一四回目が私の順番だった。

# 職業としての編集者・後補――五十年ぶりの『近代日本の思想家』完結

猛暑の夏さかりに、東京大学出版会（以下、出版会）の編集部から、鎖夏の便りがあった。昔私が企画し刊行したシリーズ『近代日本の思想家』の最終巻、松本三之介*『吉野作造』が、ちょうど刊行開始五十年目の 二〇〇八年に刊行され完結する、というのである。（*は本シリーズの著者）

十年ほど前、色川大吉*（以下敬称を略す）から電話があり、右シリーズの『北村透谷』が完成し、これで四十年前に頼まれてからの心の負担から解放され、ソーボクさんの顔も見られる、と連絡があった。シリーズの企画は、一九六五年ごろから脳裡に浮かんでいたが、この年二月に、『文学』が透谷特集号をだし（前年の勝本清一郎編『透谷全集』三巻が完結）、色川は佐藤昌三と「北村透谷の歴史的把握」を書いていた。そのときから、もし機会があれば彼に透谷を頼みたいと思っていたので、シリーズの構想ができたとき、依頼したのである。互いに古稀になっていたので、感慨一入（ひとしお）であった。それからまた十年ほどがたち、松本三之介とは互いに八十歳をこえての事だから、感慨二入というべきか。

私が出版会の編集部に入ったのは一九五二年七月、出版会創立の翌年のことである。編集部五人、総勢でも十人余の少人数だったから、企業体としての組織は手工業的だったが、なお創立の緊張感を残しながら、大学出版会という新世界を切り開く気迫と自由があった、と思う。出版会にとっても、私個人にとっても象徴的だったのは、この年一二月に、丸山真男『日本政治思想史研究』が刊行されたことである。

出版会でのわずか六年七ヵ月の編集者経験をもとに、後日、『職業としての編集者』(三一新書、一九七九年、以下前著)を書いたが、この六年七ヵ月についてこう記した。――「すなわち〝講和会議〟直後から〝六〇年安保〟直前まで、個人の年齢でいうと二七歳から三四歳まで、である。時代もよかったし、年齢もよかった。占領期から解放され、経済高度成長が始まる直前までのこの期間は、戦後において、言論、学問、思想がもっとも意気さかんな時であった。この時期に編集者であったのは、一つのつきと言うべきであろう。」時代も、出版会も、私個人も、離陸への多様な試みに、意気ごんでいた。日本のあちこちで、無数の研究会、講習会、交流会、懇談会がもたれていた。できる限りそれらにふれたかった。

その頃、京橋に『画報近代百年史』の事務所があった。服部之総をかついだ日本近代史研究会のメンバーが、幕末から現代までの百年史を、絵画、写真を多用して、たしか月刊で出していた。今は週刊で歴史、美術史、寺史などが出るが、そのはしりが『画報近代百年史』だった。若い歴史家が時に忙しげに時に閑かに、取材や執筆に余念がなかった。その中に一人、年配の宮川寅雄がいた。宮川は、昭和八年の非合法共産党中央委員会(委員長、宮本顕治)のメンバーだったが、他方では早大での恩師會津八一に私淑して、美の世界への関心をもちつづけた。宮川とは戦後すぐ北海道で知り合っていたから、京橋に居ると知って久方に会いに行ったのである。そこで、藤井松一、色川*大吉、川村善二郎、原田勝正、村上重良ら若い史家とも会い、交渉を持つようになった。なおこの研究会には、小西四郎、遠山*茂樹、松島栄一も名をつらねていた。

家永三郎『日本近代思想史研究』は、一九五三年一二月に出版会から刊行された。この本は「もちこみ」で、たまたま居合わせた私が対応した旨を、前著に書いた。まもなく家永から来信があり、あれは遠山茂樹から、出版会が新刊原稿を探しているが、よければ協力してほしい、と言われて出向いたのだ、と知らされた。知らぬ私が勝手に「もちこみ」と取ったのだが、遠山茂樹*は、佐藤進一と『日本史研究入門』（一九五四・一一）を編したり、いろいろと新設の出版会を応援してくれていたのである。家永は、東京教育大学での日本近代史の講義が、時間不足で戦後史まで及ばないと、物書きに転じた私を非常勤講師に呼び、戦後史を講じさせた。六〇年安保のデモでは、だから東教大のグループに参加し、松本三之介*らと並んで国会まで歩いたりした。

編集者として、東に研究会あれば、馳せていって耳を傾け、西に懇話会があれば、飛んでいってメモを取った。日本文学協会は、どこかの二階に事務所があり、坂下圭八（のち東京経済大学）が事務を担当していた。ダンディな西郷信綱（『萬葉私記』1、一九五八・五）と知り合い、『日本文学講座』7巻の企画が成り、一九五四年一一月に刊行を始めた。出版会『50年の歩み』は「この〔第4〕期（一九五四年度）に初めて継続刊行物を開始した」と、記している。

講座を手がけて、私はその妙にのめりこんだ。ＰＣもＩＴもケータイも何もない時代に、手作りで知のインターネットを形成する、魅入られるような感動があった。編集者は――前著で述べたように――、各プレイヤーを一つの交響楽団に組成するコンダクター同様、個々の知をつないで、知の複合体に響き合わせる。講座を作ると、若い学者が中堅・大家と並んで力作を書き、知の第一線に登場する。新しい知の担い手がみつかる。

林屋辰三郎（『中世文化の基調』一九五三・九）から相談があって、紙芝居『祇園祭』（同・七）を出した。担当したのは院生だった高取正男である。これをきっかけに、京都の日本史研究会の若手、高尾一彦、門脇禎二、黒田俊雄、上田正昭らとも知り合い、この人たちの協力で、歴史学研究会・日本史研究会編『日本歴史講座』8巻（一九五六・六～五七・八）が成った。その後この講座は二次、三次、四次と、出版会の歴代編集部にひきつがれている。

右と並んで、『日本美術史叢書』も刊行された。編者の文化史懇談会には、宮川寅雄について行った。この会は、すでに大家の域に近い中堅のメンバーが、おだやかで、自由で、蘊蓄のある談論を交していた。吉沢忠『渡辺崋山』

（一九五六・一二）を皮切りに、宮川寅雄『岡倉天心』（同一二）、藤田経世・秋山光和『信貴山縁起絵巻』（五七・五）、熊谷信夫『雪舟等楊』（五八・九）福山敏夫・久野健『薬師寺』（五八・一二）蓮實重康編『弘仁・貞観時代の美術』（六二・六）、太田博太郎『書院造』（六六・一〇）とつづいた。この懇談会に参加する若手の中に、辻惟雄（『日本美術の歴史』二〇〇五・一二）がいた。

右の二シリーズについて、出版会『50年の歩み』は、こう書いている。――「『日本歴史講座』や『日本美術史叢書』などのシリーズ刊行が華やかに開始され…た」。当時、当事者としては、華やかという意識はまったくなかったが、日本文学、日本史、日本美術史のシリーズを刊行してくると、その先、必然のように日本近代思想史というテーマが浮かんできた。どこからどう切り込んだらいいのか。

その頃の私は、民科哲学部会に所属していた。加入して、松村一人を頂点にしたスターリン・ミーチン哲学派が取りしきっているのに、おどろいた。柴田進午や野崎茂らと若手中心の部会運営にふりかえて、外に開いた哲学部会に改めた。黒田寛一が谷村和平のペンネームで参加したりしていた。この経験から、いろいろ違う哲学者たちの交流の場を多様につくることを考えだした。マルクス主義の古在由重と、外に開いたアカデミーの山崎正一を編者に、『哲学研究入門』上下（五八・一、五）を作った。山崎を谷中の寺に訪ねて了解をとったが、編者に暉峻凌三を加えること、実務方として中村雄二郎とあってくれ、ということだった。これが縁で、中村とさまざまのことをしたが、二人で青年哲学者会議をつくった。京都から上山春平、鈴木亨、梅原猛ら、名古屋から竹内良知*、平林康之*ら、東京から田島節夫、古田光*、生松敬三*らが参加し、日本哲学会の大会のさいに集まることにした。

戦争中、重苦しい統制の中で、自由に談話できる哲学史研究会がつくられた。山崎、暉峻、大井正らは、そのメンバーだったが、山崎は戦後にそれを思想研究会と替えた。中村はまだ日本の哲学・思想に興味がなかったが、宮川透*、生松敬三*、古田光*、土方和雄*たちが、近代日本の思想に関心を深め、遠山茂樹*、山崎正一、大井正編『近代日本思想史』4巻（青木書店、一九五六〜五七）に執筆していた。『哲学研究入門』をつくったことで、この会にも出席し、宮川、生松がそのころ東大東洋文化研究所に在籍していたので、折にふれて雑談しながら、『近代日本の思想家』を練り上げていった。

私は五九年三月に出版会を辞めた。だから私の手で出したのは、シリーズ四分の一の三冊である。刊行順に記す。

| | |
|---|---|
| 1生松敬三『森鷗外』 | 五八年九月 |
| 2宮川　透『三木清』 | 〃　一〇月 |
| 3土方和雄『中江兆民』 | 〃　一二月 |
| 4古田　光『河上肇』 | 五九年一二月 |
| 5平林康之『戸坂潤』 | 六〇年九月 |
| 6隅谷三喜男『片山潜』 | 〃　一二月 |
| 7瀬沼茂樹『夏目漱石』 | 六二年三月 |
| 8竹内良知『西田幾多郎』 | 六六年七月 |
| 9遠山茂樹『福沢諭吉』 | 七〇年一一月 |
| 10色川大吉『北村透谷』 | 九四年四月 |
| 11松本三之介『吉野作造』 | 〇八年一月 |

列記すると、東京で、名古屋で交わした熱い論議が思い出され懐かしい。いれたくて仲間にも異論がなかったのは、岡倉天心だったが、これはすでに美術史シリーズの方で、宮川寅雄が書いていた。いれたくて仲間に猛反対されたのが、徳富蘇峰。著者を選ぶとすれば、名古屋の信夫清三郎を考えていた。〔もう一冊、いれたくていれられ

なかったのが津田左右吉。著者に井上光貞をと考えたが、当時、古代史の助手をしていた青木和夫に聞いたら「井上さんはとても多忙で頼んでもダメだ」というのであきらめた。この双書が11というややヘンな冊数になった所以である。」

改めて既刊10冊を、一日、出版会に出かけて、確かめた。3土方・兆民は太田行生、6隅谷・潜は中平千三郎、7瀬沼・漱石は斎藤至弘、8竹内・幾多郎は斎藤至弘、9遠山・諭吉は石井和夫・山下正、10色川・透谷は渡辺勲・高木宏と、担当編集者の名をあげている。

先に、前著で、編集者を、コンダクターと同じ、近代職業の一つと考えたことを、記した。この考えを訂正しようとは思わないが、前著に欠落しているのは、編集部の考察である。『近代日本の思想家』に限って言っても、一九五八年から二〇〇八年に至るまで、東京大学出版会は、五十年に渉って、一つのシリーズを、継続して完成させた。個々の人は、諸事情で有限の期間しか職業としての編集者にとどまれない。継続し完成するのは編集部である。刊行しかけてすぐに辞めていった私にその資格はないが、完成させた出版会編集部に拍手をおくりたい。

前著の冒頭に、物書きとなって書いた私の本・論文の総体と、わずか六年七ヵ月の編集者として刊行した本の総体と、どちらが日本の文化に寄与したかといえば、答えるまでもなく後者だ、と書いた。下手な物書きになって過ごすより、編集者として生涯を送った方がよかったという思いは、老年に達していよいよ深くなっている。わが生涯の悔いである。

故あって、『昭和萬葉集』『写真図説昭和萬葉集』（講談社）にかかわった。昭和五〇年に、次の二首がある。

虹斬ってみたくはないか老父（おいちち）よ種子蒔きながら一生（ひとよ）終るや

五十年変わりなきかな二月十一日一番絞り(しぼ)の醤油煮つむる

前者は昭和一八年生まれの伊藤一彦、後者は明治三六年〜昭和五八年の杉浦春一、の作。青年誰しも「虹を斬りたい。その青年からみると、老父の種子蒔くばかりの一生が、はがゆい。だが、一つの事を、十年、三十年、五十年、絶ゆることなくひたすら継続する。その継続に、所詮、「虹斬り」は及ばぬ。明治生まれの杉浦にとって、二月十一日は紀元節でもなければ、建国記念の日でもない。その日は、五十年を絶ゆることなくひたすら継続してきた、「一番絞りの醤油」を煮つめる日であった。五十年「種子を蒔き」「一番絞りを煮つめ」て、終る一生にして、真実「虹を斬る」ことができたのである。

東京大学出版会編集部は、『近代日本の思想家』11の完成をめざして、太田行生、中平千三郎、斎藤至弘、石井和夫、山下正、渡辺勲、高木宏、そして『吉野作造』を催促しつづけたラスト・ランナー、斎藤美潮まで、一九五八年から二〇〇八年までの五十年、ひたすら「種子を蒔き」続け、変わることなく「一番絞りを煮つめ」続けて、近代日本思想史の天空に、快心の「虹を斬った」のである。

(東京大学出版会『UP』、二〇〇七・一二・五)

## 潟——わが好奇の始源

もともと好奇心の強い子だったと思う。旧制函館中学校の生徒のときに熱中したのが、植物の探索と地図である。函館という町は、地誌的に言うと、函館山という小島に北から砂嘴がのびてきて地続きになったところである。その陸繋地が私の少年時代には市の中心街だったが、そこはまたいちばん低い陸地だった。だから、南の函館山、北の横津山地の雁皮平（がんぴだいら）、どちらの高みからも眼下に見下すことができた。もっともアジア太平洋戦争中、函館山は陸軍の要塞で、登るどころか立入禁止、五万分の一地図でも、函館山はすぽっと白地になっていた。日露戦争で、ロシア軍が布陣した旅順要塞を攻めあぐね、函館山の要塞砲（たしか口径28センチ）がこれを攻め落すのに、運ばれていった。

植物の探索で山野を跋渉し倦むことなどなかったが、空腹には逆らえず、へたりこんで握り飯を頬張った。腹がくちくなると、やがて函館山が白く消された地図をとりだし、地図（コピー）と現地（オリジナル）を見較べるように函館陸繋地を眺めていた。これは客観（オリジナル）と主観（コピー）との関係という一種の哲学的な思考であり、やがて哲学を志す下地となったかもしれぬ。海に横津山地、函館山、これがわが哲学の原風景である。

だが、それよりも早く、私に好奇心の原風景とでも云うべきものがあった。潟（ラグーン）である。父が能登、母が加賀の出だから、小学生のときから往来した。夜行の急行で行く。朝、金沢に着く。父の村へ行くときは、七尾線に乗り換え、母の町へ行くには鈍行に乗り換えた。

金沢の町は犀川と浅野川にはさまれている。犀川の河口は銭屋五兵衛ゆかりの金石である。浅野川は河北潟に流入していた。金沢から七尾線を北に進むと、左手に潟を見ながら津幡で能登半島へ入っていく。奈良時代、津幡辺までが越前国で、加賀国が成立するのは、平安・弘仁一四（八二三）年である。万葉集巻第十七、十八には、越中国守大伴家持とはじめ越中国のち越前国大掾の大伴池主とが交した贈答歌がある。その一つに、天平二一（七四九）年三月一四日付で、池主が越前国最東端の賀我郡深見村まで来て、指呼の間の越中国府にいる家持に呼びかけた歌がある（四〇七三～五歌）。深見村とは今の津幡町の辺だそうである。

津幡は河北潟の東岸で海から遠いが、次の宇ノ気村（現、町）は海岸に近く、私の師匠西田幾多郎の出生地だった。宇ノ気の北に一つおいて押水町（旧末森村、字）今浜が父の村である。今浜の海辺は砂が細かくしまって、大型の観光バスをも通す（渚ドライブ・ウェイ）。この遠浅の海で泳ぎをおぼえた。また一つ北が羽咋市で、折口信夫の墓がある。七尾線は羽咋から北東に能登半島を横切るが、そのとき右手に大きな邑知潟を見る。地理的に知られた邑知潟地溝には、大きな前方後方墳もあり、わが友門脇禎二が七尾王国の存在を提唱した。

金沢から鈍行で西へ行く。あんころ餅の松任を過ぎると、手取川扇状地がひろがる。扇の頂点、鶴木に白山比咩神社があるように、源流は名峰白山（二七〇二m）だ。扇状地をよぎると根上町福島が母の村で、すぐ南の小松市にも叔母が居た。小松にも木場潟、少し南に柴山潟がある。柴山潟で、斎藤別当実盛にふれ、無惨やな冑の下のきりぎりす、と奥の細道。つまるところ父・母両方に潟が見え、潟は子供の頃からごく自然に私の心のなかに居坐ったのである。

哲学発祥の地ミレトスは、古代ギリシアのときには深い入江の岸にあったが、潟ではなかった。マイアンドロス川が土砂を運んで、古代ギリシア以後、急速に入江を埋めたが、皮肉なことにこのデルタ（三角州）の先に潟（ラグーン）ができた。哲学発祥の地がラグーンでなかったのは、哲学と私の子供心の好奇心とが少しズレているのを示すのかもしれない。何をやろうとも哲学と信じている私には、ズレているのがかえっておもしろい。

たびたびヴェニスに行ったのも、史上名だたるこの街が、ラグーンの上につくられたと知ったからだ。行くとただただ歩き廻っては、つとめて運河・水路のふちをのぞきこみ、ここがミレトスならと思ったりする。中世末、ヨーロッパは、そのころの世界商品、銀と香料の交換の網目をつくり、潟ヴェニスはその網の結び目の一つで、アルプスの北アウグスブルグの銀と、南のヴェニスに入る香料とを結んで、ここにハプスブルグ王朝系の商館ができ、今に残っている。

外だけではない。大げさに言えば、潟を求めて日本の中を旅した。ある期間、毎年のように通った唐津には、弥生時代のはじまる頃、深く入りこんだ潟があり、日本最古の水田イナ作の菜畑遺跡はこの潟の西端にみつかった。朝鮮半島からの水田イナ作の伝播に、縄文以来の漁民の仲介があった史実とみあう景観だ。むろん漁民のほかに、半島渡来の農民もいて、支石墓を伴う宇木汲田遺跡が、その痕跡の一つだが、ここは唐津潟の奥で、やはり多くの漁撈遺物が出土している。ヴェニスのときのように、ただただ歩き廻って潟の輪郭をなぞっていた。

四十を過ぎて大阪の私大に勤め居を堺市に移したので、好奇心にまかせ、西日本の諸処を訪ねた。鳥取県の東郷湖を知ったのは、その東岸にある倭文神社を訪ねたからだ。ちょうど夏休みに入ったときで、湖の南の東郷温泉に泊り、日がな湖を見て過した。子供のころの刷りこみがよみがえって、東郷湖は東郷潟の名残りではないかと思いはじめ、湖と日本海を結ぶ橋津川ぞいに歩いてみた。のちに発掘された長瀬高浜遺跡群は、旧東郷湾の北を西から東に延びて海と遮断した砂堆の東端に位置する。ここでも、河内のばあい同様に、湾→潟→湖への変化があった、と分った。今、最近再訪したとき現地で得た古図資料「東郷湾の時代」「砂丘の形成」という、多色刷二枚の地図を横に、この稿を書いている。まことに潟は、わが生涯の始源への懐かしさに色どられている。

東郷湖以来、日本海の潟の跡を歴視しようと、ゆっくり時間をかけて、あちこち探訪した。貨泉が出た函石浜の遺跡もその一つである。久美浜湾（潟）の周りを、縄文から中世までつづく遺跡の連なりがめぐっている。ここでも湾（潟）岸の温泉宿から、日がな一日茫然と眺めて過し、思い立つと湖（潟）辺を歩き廻った。

潟の所在を見そこなったのは、白兎海岸である。とても潟の所在など見つけられず、オオクニヌシが教えた蒲の穂の生える水辺などどこにもないから、別のところだろうと即断していた。後年、地理学者日下雅義『古代景観の復原』（一九九一年）を読んでいて、白兎海岸の五万分の一図が示され、「このあたりでは、砂堆背後のラグーンが埋積された程度で、古代以降の地形変化はあまり大きくない」と記されているのにぶつかり、大いに恥じた。即断はまことに危うい、と肝に銘じた。

若いとき、自分の人生が平板にすぎ、もっときらきら輝くような場面が欲しい、と思った。年をとるにつれ、自分の人生を、まだ十分表現しえていないことに気づいた。自からの好奇心で追いかけ追いかけ、八十五年も走ってきたが、その分、追いかけ放しのままで、きちんと整理し、表現し終えていない。すべてを整理はできないが、せめてわが生涯ずっと読み続けた日本書紀を、私の好奇心がどう読み解いたのか、これだけはさいごの著作として、残しておきたいと、思っている。

（二〇一一・一、多元・一〇一号。二〇一七・三補筆）

（編集部付記）山田宗睦氏は、発足したばかりの多元の会のため、九四年から二〇〇〇年まで「日本書紀講座」を開いていただきました。

# 漢画像石——泉津醜女（よもつしこめ）への旅

日本書紀聴講生が複数参加している古代史グループ・古代史教養講座（創立一九九五年）に依頼され、漢代の画像石とその中の一つによって、紀の泉津醜女を解くことができた話をした（70～71頁がその予告文）。講演速記はないが、ほぼ該当するものを、二年前に神奈川近代文学館の館報に書いていた（①～④）。

一般的には知られていないが、画像石という漢の時代の遺物がある。

私がさいしょに画像石の画像に接したのは、世界最大の漢字辞典、漢和大辞典（大修館）の箱に印刷された、なんとも興味深い画像だった。箱や辞典本体の表紙裏などに解説がないか、ひっくりかえしてみたが、なんの説明もない。分からないのが、かえって、私の好奇心をかきたてた。これはいったい何なのか。

十年ほどたって、大阪の弥生文化博物館が「中国、仙人のふるさと」と題して、山東省文物展を開催した。山東省から運ばれてきた展示物の中に画像石はなかったが、図録には何点かの画像石が印刷されていて、これが漢代の遺物と分かった。時を同じくして、林巳奈夫『石に刻まれた世界』が再版され、一読して、一九八〇年代に植えつけられた画像石への好奇心が、まずは知識として満たされ、ついでどうしても山東省で実地に画像石を見て廻りたい、という欲望が生まれた。

一九九〇年代後半から二〇一〇年まで、山東省から河南省・安徽省・江蘇省と、画像石探訪の旅をつづけた。私は四十歳代半ばに、道祖神・天白神を訪ねて、西は島根県・大山の麓から、東は新潟県・福島県まで、歩きまわったことがある。私の出自は西田幾多郎にはじまる京都の哲学だが、私の興味は、内省的な思弁には向かわず、この世に実在する多様な現象・文物に向いている、とこのとき悟った。

一九九〇年代半ばというと、私は古稀をむかえ、大学教師からも解放された。そこばくの収入と大量の時間が自由になる。私は画像石の探訪にのめりこみ、中国各地の画像石墓や画像石博物館を歴訪し、多くの文献・図録・画像石全集などを入手した。

いちばん数多く訪ねたのは、山東省沂南県北寨村漢墓である。まっ先に訪ねたところだし、いまのところ最後に訪ねたところでもあり、前後五度行った。最初のときからひきこまれ、八十八歳のいまも魂が吸いこまれるように感じる。還暦の時から、他はすべて捨てて日本書紀のことだけをやろうと決心した。画像石狂いは決意に反する。しかし好奇心は禁欲することなくつき進んできたのが、わが人生である。それで後悔したことはない。こんどもそうで、沂南北寨漢墓の一つの画像石から、長年とくことができなかった泉津醜女の正体が分かってきた。

日本書紀巻第一の前半に、イザナキが亡きイザナミを黄泉に訪ねていき、死体の醜さにおどろいて逃げだし、イザナミが泉津醜女（よもつしこめ）に追跡させる話がある。泉津醜女の語義は、死者の国の醜い女だが、意味は分かっても、正体はさっぱりである。それが沂南漢墓のおかげで解けた。どう解けたかは講義の中で話すとして、好奇心強く育ったのは、私の幸せだった。皆さんが画像石に好奇心をもてるように巧みに話したいが、さてどうか。

大漢和辞典の箱の画像石は、これも山東省の武氏祠の左石室の後壁に描かれたものだった。

（二〇一三・五・三一）

## 泉津醜女への旅①

少し早合点してこの稿を引き受けたようだ。書く段になって、参考までにと渡された先行の方の文章を見ると、それぞれの文学的な歩みの中で忘れがたい作家との交渉を挿話に、その作家の作品論に及ぶと言った態のものが多い。文学とのかかわりがあまりないのに、少し場ちがいに文学館とかかわった私には、そう言った態の文が書けない。それに二十六年前の還暦以後、日本書紀関連以外のことはすべて捨て去ったので、たとえば司馬遼太郎との交渉を記してその志を論じるのは、わが意に反する。そんなわけで、いささか慮外の文を綴るのをお許し願いたい。

私が(古事)記、(日本書)紀を読み始めた七十年前、「記紀」は同じ(事を書いた)本と見なされていた。いまは記紀はちがう(事を書いた)本とする人がでてきている。ちがいを言いだしたのは古代史家坂本太郎で、記は文学、紀は史書と言い切ったのは、坂本から東大古代史講座をひきついだ井上光貞である。記をもって紀を読むなかれとする私の、したがって、論敵は古事記伝の本居宣長だ。

七十年も断続して読んでも、紀の中になおわからぬことは許多ある。一例をあげてそれについて書いていくが、紀記ともに出るヨモツシコメ(泉津醜女)が分らぬ。いま紀は日本人から最も遠い本だから、お許し願って、どこにどう出てくるのか案内したい。日本の国土と神を生んだのは、イザナキ、イザナミ二神である。本邦さいしょに結婚した二神なので、南島語祖形で「第一の」「さいしょの」を意味するイザの語を名にもっている。

紀の本文では二神はいつも言動を共にする。だが巻第一・二には本文の他に(多い段では十一もの)一書が録されている。その一書の一つで、イザナミが火神カグツチを生んで(焼け)死ぬ。こう述べた一書とこれを踏襲した記では、以下、アマテラスその他もイザナキが単独で生むことになる。死んだ妻を恋うてイザナキは黄泉国(よみのくに)(漢語で死者

## 泉津醜女への旅②

の地）に行く。そして、妻から見るなと言われたのに（或いは、ので）火をともして覗くと、蛆のたかった死体におどろき恐れて逃げ出す。それを恥辱としたイザナミが、逃げるイザナキをとらえようと追わせたのが、泉津醜女（記は万葉仮名で豫母津志許賣）である。

この鬼神の名はわかりやすい。泉は黄泉、津は現代語の格助詞ノの古語だから、泉津醜女とは、黄泉国の醜女の意である。岩波文庫本の古事記で国文学者倉野憲司が豫母津志許賣を「黄泉の国の醜い女、死の穢れの擬人化」と注し、同じ文庫の日本書紀では、国語学者の大野晋が「冥界の鬼女」と注したが、語義はいいとして、その正体が分らぬ。韋編三たびたつほど紀を読んできたが、泉津醜女にはいつも立ち停り、そして何の思案もできなかった。それがふとしたことで、或いはこれが正体かというものに行き当たった。いつごろかは定かではないが、老いの坂で、偶然の方が必然よりもはるかに楽しく豊饒だと気づいた。かえりみればいくつかの偶然をたぐりよせて我が人生は楽しかった。こんどの偶然には中国山東省への旅で出会した。

紀の注釈には、日本語の古語辞典よりも、古い漢漢辞書がはるかに役立つ。漢字の古い語釈ではしばしば出合う複数の名がある。その中で後漢の鄭玄の語釈に、恩恵をうけた。その鄭玄の墓が山東省にあるという。興を起こすと直ちに訪ねて実地に確かめるの慣いで、山東省へ飛んだ。それが逸れた（鄭玄先生の墓には今日まで未だ詣でていない）。機中、林巳奈夫の本を読んでいて、山東省に沂南漢墓なるものがあり、その墓にじつに興ぶかい画像石があると知り、こちらに逸れた。そして泉津醜女に近づいたのだ。

機中で読んだ林巳奈夫の本とは、『石に刻まれた世界』（一九九二年）で、「画像石が語る古代中国の生活と思想」との副題がついている。この著者と画像石と二つに言及しなくてはならない。まず後者から。

中国史上、前漢末の頃から厚葬の風が強まる。天子のは早かった。漢に先立つ秦の始皇帝は巨大な盛土（現在でも七五mもの高さ）の下に眠る。秦の時代、帝墓を山と言った所以だ。漢代は陵とよび、合せて山陵―紀はこの用語を使う。始皇帝の墓室の発掘を心待ちしてきたが、私の生では間に合いそうもない。東海や大陸の河川を水銀で表わした始皇帝の天下を床面に、壁、天井には天上を荘厳した宇宙的構想の墓室は、ぜひ見たかった。その存在は、土中に発掘された始皇帝の天下を守る兵馬俑から明らかである。この秦初から前漢末まで二世紀強。死者が生前同様の生活を地下に送られるようにする厚葬の風が、臣下――たとえば県知事クラスの高官――にまで及ぶようになった。

沂南漢墓は、さらに下って紀元二世紀後半、後漢末のものだが、墓室の画像石に彫られた出行図の車を曳く馬の頭数から、県知事クラスの墓と思われる。全て石造りの墓室は、画像石にみる死者生前の屋敷図にてらし、同じ構造と分る。柱、梁、桁、壁石すべてに多種多様の画像が彫られていて、まさしく画像石と合点がゆく。

林巳奈夫は、いうまでもなく殷周時代の青銅器の研究で一家を為したが、学生の時から画像石に関心を寄せ、ついに文辞、漢籍によるよりも、文様（もんよう）、図像の解析から、中国古代に迫る方法に長じた（今、中国の各博物館を廻って、かつて饕餮文（とうてつもん）と表示されていた図像が、林説に沿って獣面文と改まっているのを知ると、巳奈夫さんよかったなぁという気分になる）。

碩学林巳奈夫は、定年ののち京都を去って、私の住む藤沢市に移ってきた、いや、或いは帰ってきたのかもしれない。それと知らず、そうと気づいた直後、彼は不帰の人となった。移ってきたと知っていれば、教えを乞うたものをと、爾来、この同年同窓の人を、心中、巳奈夫さんと呼んでは、あれこれと問答している。

『石に刻まれた世界』のあとがきで、巳奈夫さんは書いている、「京大人文科学研究所の助手に採用されて後間もなく、同研究所の故長広敏雄氏の主催された画像石の研究班に参加することになった」、しかし「関係の典籍の会読が多く、あまり熱心に出席した覚えはない。筆者はそのころ画像石に出てくる雑多な神の図像に興味を持っていた」、と。美術史家の長広敏雄は、中井正一グループの一員だったが（『思想』に「美・批評、世界文化」を書いて、お会いしたことがある）、一九六五年に『漢代画像の研究』を出版している。

さて、機中で読みすすむと、「四　門番と門を守る神」で、奇っ怪な図像（78頁写真参照）にぶつかった。これは「山東省沂南の大きな画像石墓のものである。紀元二世紀の晩期に属する。この画像は（中略）被葬者の眠る奥の部屋の壁の画像の一部で、ここを守護させる趣旨で飾られていると考えられる」、と巳奈夫さんは書いている。この醜悪な神怪の図柄に、私は強くひきこまれた。この本にはしばしば、沂南漢墓のたくさんの画像がひかれている。機が山東省青島空港に降下しはじめたとき、私はきめていた——よし、この醜悪な神怪に会いにいこう。

この墓はむろん地下、中国流には黄泉にある。75頁の上の写真に、この墓の発掘直後の入口が写っている。今は、この上に保存用の覆屋が建ち、入るとすぐ階段で、石造の漢墓の入口に降り立つようになっている。降り立ってすぐ、私は何かに緊縛されたような気分になった。ふしぎな世界に入った。そう思った。

## 泉津醜女への旅③

黄色い裸電球に照らされただけの、小暗い墓の入口が眼前にある（75頁下の写真）。左右二つの観音開きの石扉はすでに失われ、あるのは三本の柱とその上を渡る梁だが、この四つの石すべてに画像が彫り込まれている。小暗く画像の群れる空間で、私は何かに捉えられ何かに拒まれたふしぎな感覚におちいっていた。

沂南漢墓は、地下に建造された石の家屋である。家の中央が前室、中室、後室と一列に並び、前・中室の左右（東西）

には、側室がつき、ほかに厠もある（76頁図参照）。そしてこの建物を構成する石材の、人目にふれる側面すべてを、画像が埋めつくしている。じつに多種多様の図柄が、石室に寄りそいながら、後漢という時代の精神的世界を浮き上がらせている。初対面で、懐中電灯ぐらいしか手段のない身では、どう照らそうが判読できっこない。

いちばん奥の後室は、二つの小室に区分され、向って右に夫人、左に当主の棺を置いた。ともに幅一m、奥行三m、高さは一・二mしかない。あの醜悪な神怪は、夫人の室の奥の西壁にある。身をかがめて入りこむと、膝をかかえて尻をつく窮屈な姿勢しかとれない。身動きもままならぬ姿勢と懐中電灯とでは、かろうじて神怪の所在Aを確かめえただけである。

強烈な好奇心と見る術のない隔靴掻痒感のはざまで、墓内すべての画像石にあれこれの認識努力をつづけ、疲れはてて墓前にもどると、黄色い裸電球の光は、画像になんの陰りも作らず、画像全てが見て取れる。右端の柱の上部に、天神が大きな腕で伏羲、女媧の同母兄妹を抱き合わせている（77頁右図の上段、右側曲尺をもつのが伏羲、左側コンパスをもつのが女媧）。日本書紀のイザナキ・イザナミも同母兄妹。兄妹が結婚して国土と民を生んだとの兄妹婚神話は、中国中心の古代東アジア世界に通有のものだった。

これから私の画像石狂いが始まった。壮年の日、道祖神、天白神を追って日本の中を歩き廻ったように、さらに三度沂南漢墓を訪ね、徐州を中心の江蘇省、河南省のとくに南陽界隈へと、足をのばした。各地の画像石博物館で、拓本、図録を需め、北京、上海、東京で研究書を漁った。沂南漢墓は発掘報告書、各博物館編の図録、また中国美術全集の中の画像石篇八巻をえた。

あの醜悪な神怪は、いまや拓本、図録、諸研究によって、手に取るように見て取れる。そうなってみると、身動きもままならならず、わずかに所在を確かめただけの初対面のときが、ひときわ懐かしく思い出される。

そうなっても、早合点は私の悪い癖の一つだから、あの醜悪な神怪についての判断をさけるように、林巳奈夫が「東

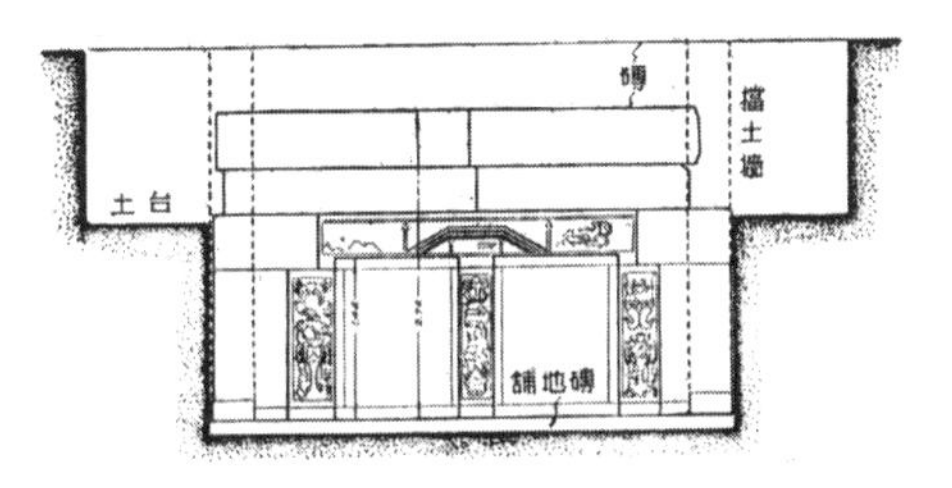


沂南漢墓門（発掘報告書から）

沂南漢墓門（入口）の画象石

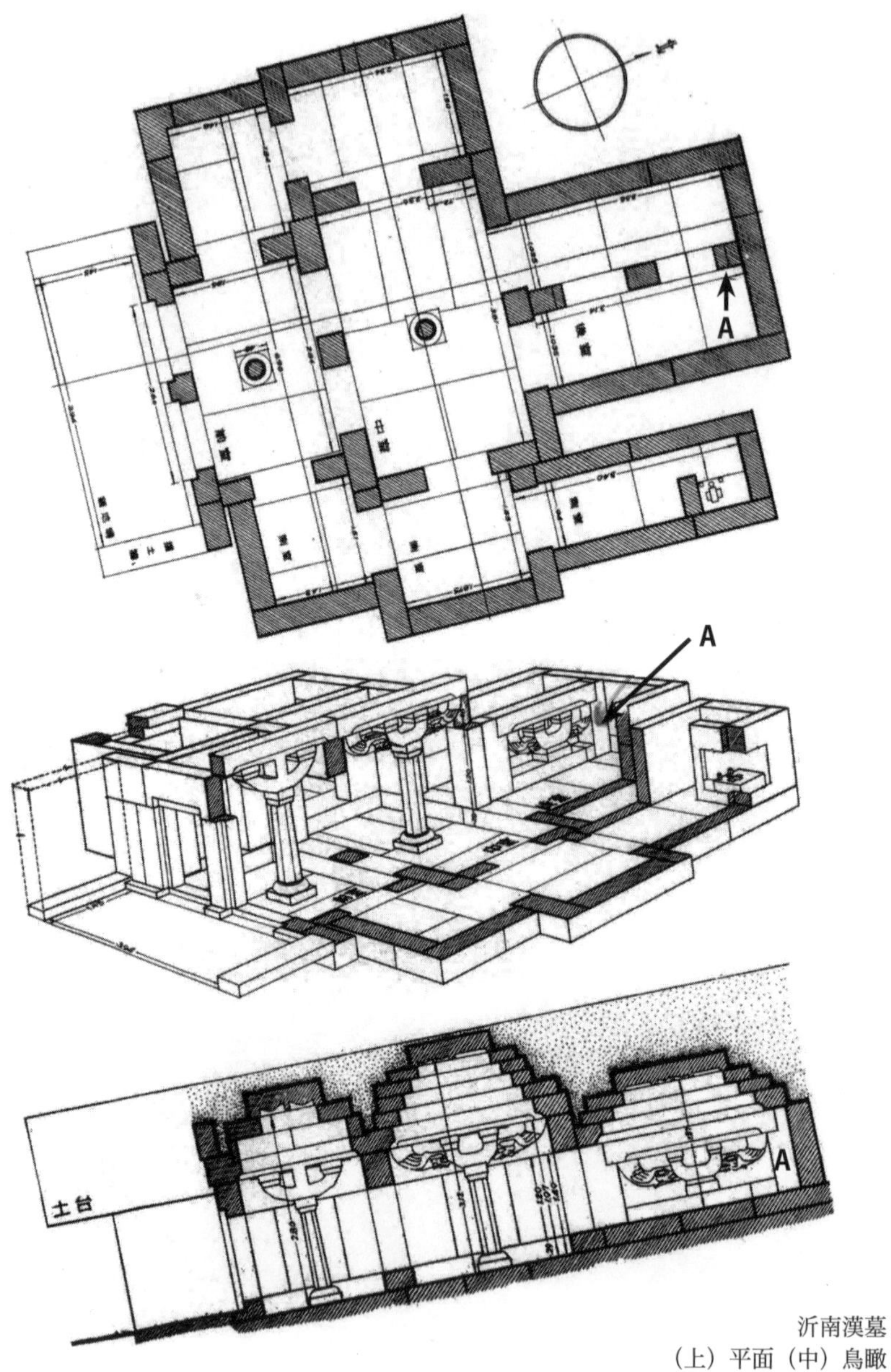


沂南漢墓
（上）平面（中）鳥瞰
（下）東からの南北断面Aは神怪の刻まれた場所

方学報」（京都大学、人文科学研究所紀要）に発表した諸論文を辛抱づよく読み、探訪した中国各地の画像石に、先学の知見を重ねて考えた。諸神怪とも沢山つきあい、知りあえたので、あの神怪を、初対面のときとちがい、ワンノブゼムとして落ちついて眺められるようになった。

沂南古画像石墓発掘報告（一九五六・三）の図版78にあの神怪像を収録している。はじめは奇怪な姿、形が気になって、そればかり見ていたが、やがて巳奈夫さん流に、図像の細部に目がとどくようになった。この頁左側図が神怪のある後室支柱A全図で、78頁の図が神怪像の図である。この図で見るとおり、神怪は女性である。胸に乳房がある。

沂南の神怪群には乳房を持つものが多い。表現としては男でも胸乳を描きうる。そこで沂南の神怪、人間の男女についてみていくと、遊伎する女性像は胸乳をもつが、男性像ではその例がない。夫人の棺を守る神怪は女だった。この神怪が、死後のイザナミを守る泉津醜女のもととは言えぬが、中国流の黄泉を名にもつ醜女の源は、ほのかに見え始めてきた。

墓門東支柱の画象石

78頁図のA

## 泉津醜女への旅④

わけのわからぬ奇怪な存在を、神怪とよびあるいは鬼神とよぶ。天上から天下（地上）まで、帝や神、神怪、怪獣、死霊など、序列あるようにならんでいる。水木しげるのゲゲゲの世界は、江戸以来の島国の神

沂南漢墓　Aの神怪画象石

怪をあやつって、まことに楽しい（鬼太郎の一コマに、井上青龍が、私の『道の思想史』のために撮った写真が、下敷きになったものがある）が、とても中国人の神怪構想力には及ばない。

沂南漢墓で夫人の墓室を守る神怪は、人間のように動作するが、獣面人身の醜悪な奴だった。これが女性なら、神々の古代系譜に女性をさぐり、沂南の醜女が

図は林巳奈夫著『中国古代の神がみ』（吉川弘文館 2002年3月）から。右は銅錯人形竿頭飾 天理大学附属天理参考館所蔵

突然の出現ではないことを証さなくてはならぬ。

林巳奈夫に『中国古代の神がみ』の著作がある。あとがきによると、七十七歳の潮時に、自分で編んだ喜寿記念の書である。書中に「四　先史鬼神」「六　殷周の鬼神、天」の二章があり、六には「天の神はどうも女性らしい」とある。四では、仰韶文化の一類で、半坡遺跡から出土した有名な彩陶鉢の魚文様（79頁の図左上）について、情交の対象としての異性を魚にたとえたとの、聞一多の説を引き、その双魚をくわえた人頭が、三角形のかぶり物をかぶっているのに、巳奈夫さんは着目する。

沂南漢墓で門の東側の柱に、伏羲・女媧、つまりは「男女を結合させる神〔である〕、高媒の元祖のような神」がいて、三角帽をかぶっていた（77頁右側図上）。「その口で魚同士の口づけを誘導している半坡文化の尖り帽の神は――と巳奈夫さんはいう――この沂南の神の祖先といえよう」。

はるかの半坡文化から漢墓へ、図像の伏流があった。そして「六　殷周の鬼神、天」で、殷後期から西周前期にかけ、玉（で作られた）女神像に、乳や性器を表現したものがあるのに、着目する。また天理大学附属天理参考館が所蔵する、春秋後期の銅製の柱頭飾（79頁の図右）で、乳と性器が表現されている。裸だから鬼神だと巳奈夫さんはいうが、その膝下の間に蛙の像がある。裸体の女の股下に蛙をおく図像記号は、さかのぼって、殷後期の斝（79頁図左下右）から西周の斝（同左下左）にあらわれている。そしてこの図象記号は、「殷代甲骨文の天、金文の天」の字と同じ意味をあらわす。すなわち天の神は女性なのである。「最上位に〔天〕帝がいて地上世界への命令の執行は下位の神がとり行うという殷のシステム」は、周にもひきつがれたが、「周になって違ったのは女神の天が大きくのさばり出て」きたことだ、というのが、巳奈夫さんの結論である。

沂南漢墓の神怪は、前室に22、中室に5、後室に2、計29もある。私が廻った限りで、こんなに神怪の多い漢墓は他にない。前室の北壁・横額画像の神怪（数11）のように、天上の神に仲間入りしたものがある。女性の天神のもと、その命を執行したのが下級の神や神怪だが、その中に女性の神怪もいたのである。

巳奈夫さんと話したかった主題の一つは、沂南漢墓の夫人室を護る神怪は女で、これを生みだした構想力の中に、日本書紀の泉津醜女の起源があった、ということだった。しかし右に巳奈夫さんの考えを追ってみると、賛同してもらえる気がしてくる。

さいごに、①で、巳奈夫さんが定年後、藤沢市に移り、あるいは帰ってきたのかもしれない、と書いた。その後分ってきたことだが、巳奈夫さんは林達夫（たつお）さんの子息だった。ほんとうに驚いた。私どもはこの京大哲学科の大先輩に敬親の念を表して達夫（たっぷ）さんとよんだりした。寡作だがみごとな仕事をしてのけた人である。平凡社の世界百科辞典は達夫（たっぷ）さんなくしてできなかった。その子息と知って、会えなかったのが一層無念だが、年明け早々また、巳奈夫さんの本をもって画像石を追う旅をつづけたい。

（二〇一一・四・一五～二〇一二・一・二五）

# へんるうだ考

港が見える丘公園の奥に、われらが神奈川近代文学館がある。その東北の角にひと本のソメイヨシノの老木がある。例年、花見の宴を催してきた。ある年、この桜樹に〝芸亭の桜〟と命名けたことは、別（文学館の桜）に書いた。芸はほんらい独立の文字で、今世で藝の略字としたのとは無関係である。藤堂明保の漢和辞書をひくと、ちゃんと、「藝」とは別字、と断って、芸は「うまごやしに似た草の名。特有のかおりがある。昔、書物の間にはさんで、防虫剤とした。ヘンルーダ」、としている。つまり中国で芸香、芸草としてきたのが、ヘンルウダという植物のことだった。この名はオランダ語名Wijnruitウィンルイトを訛って受け取ってできたという（牧野）。江戸時代、幕府は長崎出島にだけ中国船、オランダ船の来航を許可し、外国貿易の独占を計った。中国語の芸草（香）の呼び名がオランダ語由来でヘンルウダになったのは、もっともというべきだろう。

だが、牧野富太郎によると、江戸期ヘンルウダとされたのは、じつはコヘンルウダだという。ヘンルウダは明治以後、コヘンルウダはそれより古くおそらく江戸末期に入っていたようである。学名（ラテン語）でヘンルウダはRuta graveolens L.（強臭のある芸草科、リンネ）で、コヘンルウダがRuta chalepensis L.（アレッポ＝シリア産の「包葉の多い」リンネ）。学名から、芸香は地中海東岸が原産地のようである。

石上宅嗣が旧宅を阿閦寺とし、その一隅に外典（主として儒教）の図書館を置き、芸亭と名づけたことは、続日本

へんるうだ
Ruta graveolens *L.*

（牧野富太郎　新日本植物図鑑）

紀の巻第三六、天応元年（七八一）六月二四日の同人薨伝で明らかだが、寺・亭の設置年は明らかではない。芸亭の号はむろん虫（とくに紙魚）除けの芸香（草）からとられたものだが、このとき実物の芸草があったのかどうか。あったとしてもその程度が、栽培された実物としてあったのか、あるいは唐もしくは朝鮮（統一新羅）から、採取された数葉、数株を入手した程度か、あるいはまた—このさいごだったと思っているのだが—実物はなく、除虫の観念としての知識だけだったのか。

猪熊泰三という人が、国立国会図書館月報第一〇七号（一九七〇・二）に「芸香雑記」を書いている。文末に専門調査員兼司書監とあり、私の知らなかったことをいくつか教えられた。猪熊さんも「この〔芸亭の〕ころその芸香の生植物がわが国に入っていたのではなくて、ただ文字の上で知られていたにすぎないのであろう」という。

また「植物分類学に入門のころ、高等植物の一分科Rutacceaeを芸香科と書きこれをヘンルウダ科と読むよう教

こへんるうだ
Ruta Chalepensis *L.*

（牧野・新日本植物図鑑）

えられたときは内心はなはだ抵抗を感じた記憶がある。戦後はこの科名もミカン科と呼ぶことになり、まことに安易になった」と回想している。そう、芸香(ヘンルウダ)はいまミカン科のヘンルウダ属である。

芸草(うんそう)(ヘンルウダ)がミカン科か、といぶかる向きもあるかも知れないが、私は芸草(へんるうだ)—唐橘(からたち)—橘(たちばな)(紀州密柑)とつなげて納得している。カラタチ、むろんミカン属だ。

＊ このところ楽しみになった、二つの広辞苑でカラタチを引く。一九五五年の第一版「から・たち〔枸橘・枳殻〕ヘンルーダ科の落葉潅木」(以下略、傍線山田)。二〇一八年の第七版「から・たち〔枳・枸橘・枳殻〕(カラタチバナの略)ミカン科の落葉低木」(以下略、傍線山田)。「カラタチバナの略」は第一版にはなかった。それで第七版には、「からたちばな〔唐橘〕(中国から渡来したタチバナの意)カラタチのこと(新撰字鏡七)」と新しく入った。新撰字鏡は日本最古の漢和辞書(字数二万)で寛平四年(八九二)草稿ができたが、なお昌泰年中(八九八〜九〇〇)に中国の玉篇や切韻を得て補修につとめ、また本草の文字も加えた。第一版はカラタチバナをやぶこうじ科の常緑小潅木とし、第七版は、右引の唐橘①の次に②やぶこうじ科のを説明している。やや興にまかせて記したが、広辞苑のどの版になってヘンルーダ科からミカン科に変ったのかは、一・七版以外をもたないから、分らない。

カラタチを歌った、唯の一首が万葉集にある。巻第十六、三八三二歌、へんな歌だが、

　からたちの茨(うばら)刈り除(そ)け倉立てむ屎(くそ)遠くまれ櫛造る刀自

数種の物を詠み入れた歌だと題詞は伝える。それと、クラ、クソ、クシと重ねたところが味噌か。茨とあるとおり鋭どいとげをもち、垣根に用いられた。ヘンルウダにとげはない。

猪熊さんの芸草雑記で、ヘンルウダが万病の薬とされていたのを知り、大いにおどろいた。紙魚を追い払うどころではない。

エンロイト　　ラテン名　シヽグサ
ルウタ　　　　ラテン名　ヘンルウダ
一　月水〔月経〕不通ニ葉花ヲ干し煎シ用テヨシ
一　痢病〔下痢〕ニ酒ニ煎シ用テヨシ
一　毒ヲ消ニ実ヲ用テヨシ
一　毒虫ノ螫〔毒針で刺す〕タルニ葉ヲ揉附テヨシ
一　此草ノ汁菜用ニ少ク用テヨシ多ク用レハ腎ヲ耗ス
一　腹痛又虫痛ニ葉花ヲ水煎シ用テヨシ
一　又水腫〔水ぶくれ〕ニ右ノ如ク用テヨシ
一　面皰〔にきび〕ノ類ニ生葉ニ塩ヲ入モミ附テヨシ
一　疝気〔大小腸・腹部に生じる激痛、又心臓痛、又陰部の腫〕ニ此実ノ油ヲ用テヨシ
一　胞衣〔えな〕不下ニ此草ノ汁ヲ酒ニ入用テヨシ
一　小便頻数ナルニ此実ヲ細末ニシ用テヨシ
一　此草ノ汁歯グキ腫〔はれ〕タルニ用テヨシ

右は漢方風に見えるが、スウェーデンのリンネより一世紀ほど前の、オランダすなわち蘭方の見立てである。

芸草にこれほどの薬効があるとは、まったく知らなかった。猪熊さんに感謝しなくてはならない。

　八代将軍吉宗が蘭学を奨励した実例の一つに、R. Dodoens: Cruydeboeck（ドドネウス著、「草木誌」）を野呂玄丈に抄訳させた「阿蘭陀本章和解」がある。（吉宗は延享二＝一七四五年に将軍位を家重に譲り大御所となった。）玄丈、（元禄六＝一六九三〜宝暦一二＝一七六二）は実名高橋実生、玄丈は字で、号は連山。幕府紅葉山文庫の所蔵本、ドドネウス「草木誌」を、七冊、一〇六枚、一〇六種に抄訳した。オランダ名、ラテン名、和漢名、製薬法、主要効能が記されている。苦心の作で、寛保元＝一七四一年から寛延三＝一七五〇年までの一〇年間に九度、長崎は出島に来航したオランダ「貢使」が、江戸に参勤するさい随行したオランダ医師に質しては作製した。それで訳名「阿蘭陀本草和解」の冒頭に、その都度の干支年名が、たとえば「丙寅阿蘭陀本草和解」のように、記されている。その丙寅年冊の中に「へんるうだ」の項がある。

　以前、どこかで芸草の話をした。聞いていた人の中に、芸草を育てている方が居て、一株もらった。地中海原産だからそう弱くはないが、やはり寒さに耐えられず、日本列島では温暖の地と言っていい湘南でも二、三年にして消えてしまった。無知ゆえの失敗である。　牧野植物図鑑で見較べて、明治初年（一八七〇年前後）に入ってきたヘンルウダだと知った。

　芸香というにはためらわれ、むしろ芸臭というべきで、いかにも紙魚をよせつけぬ感じがする。

　地中海沿岸原産のヘンルウダが、いつ、どういう経路で中国に入り、芸香、芸草となったのかは分からない。北辺のシルクロードを経由したろうと推測され、試みに南辺の「雲南植物誌」二冊に当ってみたが芸草はないようである。ヘンルウダ東遷史は、たぶん中洋史（中央ユーラシア史）とかかわっている。

　猪熊さんは、なお、シェイクスピアが芸草を歌っているとして、原文とその杉村武訳をあげているが、敬語訳なので（雑文(一)「中野好夫さんの受けうり」参照）下手ながら敬語訳でない私訳にかえた。

Here did she fall a tear; Here in this place,
I'll set a bank of rue, sour herb of grace;
Rue even for ruth, here shortly shall be seen,
In the remembrance of a weeping queen.

(Richard II, Act iii)

ここであれ はひと粒の涙をこぼした、
　この場のここでな。
余は　天与のすっぱいハーブ、
　芸草の花壇をつくろう。
芸草rueが　まさしく悲しみの代わりに、
　ここでまもなく見られるだろう。
泣いている王妃の思い出にな。

# なお、百年を期すべし

われらの文学館が齢三十に達した。

創立者の中で長洲一二（当時県知事）、小田切進（初代館長）とは、若い時からのつき合いだった。長洲とはいわゆる構造改革論のグループで、小田切とは『改造』が廃刊されるので支援をと、東大出版会に私を訪ねてきて以来である。長い人生の中、時に場違いの所に身をおいたが、文学館もその一つである。小田切が急死し、次の館長を旧知の中野孝次に頼んだが、別れ際、手伝ってくれるんだろうなと念を押され、館とかかわることになった。

調べてもらったが、この三十年、特別展で取り上げた作家は五四人、企画展で二六人、計八〇人の作家展をもった。作家所持の図書、雑誌、原稿・書簡・色紙などの資料一一八万六千点を所蔵し、入館者は一昨年末で九一万六千三八五人。二、三年中には一〇〇万人に達する。

館を支え運営する神奈川文学振興会は、延べ二一一人の作家、文学者たちと、少数精鋭、二七人の現事務局とからなる。文学館に関与して、私は、研究者たちが積み上げてきた文学史上の知を、展示つまり眼に見える形に作る文学デザインとでもいうべき、新しい文学探求の道が、文学館事務局の中でさぐられ、形成されてきたのに、感銘している。

中野と老子がいいと共感したが、その老子に、古ノ道ヲ執リテ、以テ今ノ有ヲ御ス、能ク古始ヲ知ル、の言がある。やや引きつけて言えば、蓄積された近代文学研究の知を執り持ち、いま所蔵する資料を展示に活かしたなら、文学の始原を知りうる。そう言えば、西の哲学者ハイデガーも言っていた、伝承ヲ、反復スルコトデ、現存在ニ、ソノ固有ノ歴史ガ現ワレ始メル、と。

浦辺鎮太郎設計の館は、港の見える丘公園の奥に、その品位風格を好ましく落ちつかせ、本館の角には、芸亭の桜が、年毎にその艶麗な花枝をひろげている。

既に三十年があった。また五十年、百年を期すべし、である。

（元財団法人神奈川文学振興会常務理事・神奈川近代文学館懇話会幹事長・哲学者）

（神奈川近代文学館三〇年記念誌1984―2013、二〇一三・三）

# 文学館の桜

中野孝次がなくなって（二〇〇四年七月一六日）、文学館事務局が小冊子で彼の随筆抄を作った。冊名が「芸亭の桜」である。同い年の中野は私に負けない桜狂いだった。館長になったのが一九九二年も年末だったが、翌春三月にはもう第一回の花見の宴をもち、爾来十一回に及んだが、没年の十二回は病治療のため中止となっている。「芸亭の桜」末尾に中野と館との関係年譜が作られてある。それによると、一九九二年四月一〇日の第四回花見の宴で、「山田宗睦常務理事の発案で芸亭の桜と命名、古沢太穂評議員が、やや冷えてきし芸亭の桜かな、と一句」。この年は秋一〇月に「日本書紀史注」第一巻を刊行したから、芸亭の桜はわが紀伝の象徴のように意識されている。

中野は酒も好んだ。花見の宴には各種各様の花見酒がもちこまれた（それは今に続けられている）。まったくの下戸のわたしには少々うっとうしい。乾杯をすませてから抜け出して、館の桜にあらためて見入った。太穂さんの発句にあるように、花冷えで少しばかりひんやりしていたなか、四月十日とおそい日数なのに桜は全体としてはみごとにたわわに、一つ一つの小花がみな凛と咲き立っていた。お前がそんなに自分を顕わしたのだから、そうだ、お前に名をつけよう。とっさに考えついて、館内に戻り、書き付けた紙片を中野に渡し、「あの桜に名をつけよう」と言った。聞くなり中野は紙片をかざし、この年は三六人が参集していたそうだが、全員に、山田からの提案でこの桜に「芸亭の桜」と命名したい、と賛同をもとめた。すぐに太穂さんが寄ってきて、俳句には便りのようなところがあるから、と言い言い、紙片の裏に、やや冷えて来し芸亭の桜かな、と書いた。（後に推敲して、ややは冷え来し、と落ち着いた）。こんどは私が皆さんに太穂作を披露した。後に桜樹の下に名の台を造ったとき、中野は筆で五十枚ほどを書き、一枚を選んで名の台に、太穂さんの句ともども彫りこんだ（口絵カラー2、以下c2とする）。先の小冊子もこの同じ筆を採っている。そしてこの館としてささやかな中野遺稿集の冒頭は彼が読売の夕刊（二〇〇三・三・三一）に書いた「芸亭の桜」である。芸亭の桜が咲くごと、中野孝次、古沢太穂、そしてまた鬼籍に名をつらねた文学館の誰彼が偲ばれる。長生きするとは孤独になること。中野は、お前はまだ花見をしているのか、とあきれているだろう。

中野の文集のさいごは、「神奈川近代文学館の二十年」である。館が二十周年を迎えた翌年に、彼は去って行った。そして一昨（二〇一三）年、館は三十周年を迎えた。着実な仕事ぶりの事務局が積極的で、まずみごとな「神奈川近代文学館三〇年誌」を制作し、ついで桜を記念植樹しようと、これまでのいきさつで私に相談があった。なん度か合議して、現理事長・館長に手紙を書いた（次文はじっさいの手紙に、当事者以外にもわかるよう少し字を足している）。

辻原　登様

前略

神奈川近代文学館の三十周年記念に桜を植樹することへの、共同提案者をお引き受けくださり、とてもうれしいことでした。

紅しだれを植えますが、それにも命名したいと思い、一案を得ました。芸亭の桜という名は石上宅嗣からとったので、このたびも宅嗣関連でと思い、万葉集を繰りました。彼は集中に一首だけ残していました。巻第十九に、天平勝宝五年――この年の元旦、あなたが「翔べ麒麟」で書いた、唐朝廷の賀儀でシラと席次争いをしたことがあり

ました——正月四日、石上邸の宴で、主人としての挨拶歌、

　言繁み相問はなくに梅の花雪にしをれてうつろはむかも

これに中務大輔の茨田(まむた)王が、

　梅の花咲けるが中に含(ふふ)めるは恋ひや隠(こも)れる雪を待つとか

と対(こた)えています。

右から、この度の紅しだれに「花雪(かせつ)の桜」と名づけたら、というのが一案です。ご賛同下さるなら、一三日の理事会に、あなたから報告しておいてください。

なお芸亭の桜には、故古沢太穂が

　ややは冷え来し芸亭のさくらかな

の名句をつけてくれました。名づけた年の花見の当日は、花冷えの寒い日でした。花雪の桜は、雪でその「冷え来し」とかかわらせながらも、花の方でやや艶麗の色をそえたい、というところです。太穂さんほどにはいきませんが、

# 花雪(はなゆき)に恋やふふめる紅(べに)しだれ

二〇一五年五月八日

山田宗睦

理事会がすんで、辻原さんから返事がきた。

一件落着である。

植えられた紅しだれは、実生七、八年、ひょろひょろと文学館二階にとどくほどには延びたが、まだ枝をはるにはいたらない。そばに建てた――これも相談して決めたとおりの――四角い説明柱に気おされている（c1）。紅しだれがいく分人の目をひくには五十年ぐらい、見た目に映えるには七十年かかるという。館百周年に当たるその間には、姉桜の染井吉野の方が二代目にひきつがれるかもしれない。

芸亭の桜、花雪の桜が所在する中間に、妹桜がもう少し様(さま)になってきたら、次のような説明札を建てる段取りである。ただ気になるのは、花雪の桜を植えた位置が、通路と館とにはさまれたところで、何百年と生長するしだれ桜が根や樹冠を張るには狭いのではないか。樹木医などの意見も聞いて今の位置でもよいかどうか決めたい。定置できたら姉桜同様に、名の台をつくり置く心算で、歌人で理事の尾崎左永子さんに筆書きをたのんである。さて説明板に書く文は、次のようだ。

近代文学館の桜

一、芸亭（うんてい）の桜。染井吉野。樹齢推定八十年。奈良時代後半の文人、石上宅嗣（いそのかみのやかつぐ）が自邸に作った日本最初の図書館、芸亭にちなんで名づけた。

二、花雪（かせつ）の桜。神奈川県生まれの紅しだれ。開館三十周年を記念して植樹。姉桜の名にあわせ、石上宅嗣邸での万葉歌二首から、花雪の二字をとり命名した。

姉桜は花冷えの日に名づけたためやや冷えた感じがしないでもないので、妹桜の名には三十周年のよろこびもこめて艶麗の風趣を配し、対照の妙をはかった。この姉妹桜を文学館とともに愛してください。

二〇一四年春

神奈川近代文学館

## 「日本書紀の研究ひとつ」奥付の自己紹介

一九二五年生まれ。幼少期を、下関・金沢・稚内・函館ですごし、一九四一年に旧制の水戸高校（文科乙類）に入学、日本書紀にであう。一九四六年、京都帝国大学（文学部哲学科哲学専攻）を卒業。編集者、評論家、大学教師をへて、一九八五年に還暦をむかえ、日本書紀の注釈・研究だけをすることにした。そして三〇年、九〇歳、二〇一五年一月に本書の原稿を渡したが、制作中つぎつぎと書きたしたので、刊行まで二年を費やした。なお書きたすことがあり、雑文として手許に書きとどめている（伊勢の物語り、其北岸狗邪韓国考など）。よって、

はや冬の野に細ぼその一路かな

（二〇一六・一二・九）

# 伊勢の物語り

中西進さんから、「万葉集全訳注原文付」全五冊（講談社文庫版）を恵与されたのは、私が暦の還るのを迎える頃だった。その六冊目が、書名を「万葉集を読むために」と改めてもよいほどと中西さんが言った「万葉集辞典」（同文庫、一九八五）で、これは愛用した。

私の「日本書紀研究ひとつ」は、アマテラスを持統三年（六八九）八月に公表された政治的産物とし、第一次伊勢神宮の創立を同六年（六九二）三月のこととした。幾度も講じた日本書紀だが、今年二〇一六年三月、最後に残っていた三教室の日本書紀講読をそろって読み終えた——紀さいごの文章——八月乙丑朔、天皇定策禁中、禪天皇位於皇太子。九一歳のラインを二月に越え、この辺が限度と考えたのである。

打ち止めしてみると気楽になり、伊勢は、万葉でどう造形されているのか、などと考えてみる。

「万葉集辞典」（五八〇頁）には、野田浩子さんが「地名解説」（九〇頁）を担当し、近藤信義さん担当の地図と相俟って、歌、題詞、左注など、伊勢がどう出ているのかを網羅的に示してくれる。

私の紀伝の総論「研究ひとつ」は、原稿を二〇一五年一月の初めに風人社に手渡したが、その後も覚え書二つ、余論三つ、補遺一つをつぎつぎと書き足して、一六年一〇月現在なお未刊である。同じ一五年の一月初めに、折井克彦さんが、四〇年近くも前、中日新聞に連載した天白紀行を本にしたいと訪ねてこられ、これは六月、文庫版で

「天白紀行増補改訂版」（人間社）として出版された。じつはこの天白にからんで気になる万葉歌がある。ちゃんと研究、推考していないのだが、論文ではなく雑文としてなら、記せないこともない。

天白というカミを、私は、伊勢国の度会郡（神麻続機殿神社）と多気郡（麻生神社）に祀る天ノ白羽神に由来すると考えている。天ノ白羽（古語拾遺に長ノ白羽の別名とする）は麻績氏の祖神だが、伊勢神宮に「てんはくのうた」（神宮文庫架蔵本、一門一二四一号）、また諏訪大社前宮の「御頭祭の御帝戸屋神事の申立て祝詞」（神長守矢文書）の中に、天白が出る。伊勢―諏訪を結ぶ天白ラインに沿って、伊勢、尾張、三河、遠江、信濃と濃密に分布する天白圏と、その東の外延に駿河、甲斐、武蔵その他の亜天白帯とができた。伊勢から西には天白がない。これはおもしろいことである。

天白圏の中軸である伊勢―諏訪の天白ラインにかかわって、気になる万葉歌が巻第一に、二群五首ある、㈠群二首は天武期、㈡群三首は持統期と区分されている。

㈠　麻続王流二於伊勢ノ国伊良虞ノ島一之時、人哀傷テ作ル歌

打麻乎　麻続王　白水郎有哉　射等籠四間乃　球藻苅麻須（1―二三）

麻続王聞レキ之ヲ感傷テ和スル歌

空蝉之　命乎惜美　浪尓所レ湿　伊良虞能島之　玉藻苅食（1―二四）

右の左注に、天武四年夏四月戊戌（実は甲戌）朔乙卯（実は辛卯）条が、付けられている。三位麻続王有レリ罪流二スㇾ于因播一ニ、一子ハ流二シ伊豆ノ島一ニ、一子ハ流二ス血鹿ノ島一ニ也（紀に也はない。なお天武紀五年八月壬子（一七日）条に、三流（遠・中・近流）の語が初出する」。この記事と、㈠の題詞が伊勢国伊良虞島に流したとするのとは、むろん合わない。それで左

注は、若シ疑ヘバ後人ガ縁ツテ二歌辞（中の射等籠、伊良虞）一ニ、而誤リ記シタ乎、と付け足している。

(二) 幸二セシ于伊勢ノ国一ニ時ニ、留レマル京ニ柿本ノ朝臣人麻呂ノ作リシ歌

鳴呼見乃浦尓　船乗為良武　媙嬬等之　珠裳乃須十二　四宝三都良武香（1—四〇）

釧著　手節乃埼二　今日毛可母　大宮人之　珠裳苅良武（1—四一）

潮左為二　五十等児乃島辺　榜船荷　妹乗良六鹿　荒島廻乎（1—四二）

右がイラゴ三首だが、万葉巻第一はなお(三)一首を編集し左注を付けた。次に録す。

(三) 当麻真人麻呂妻作歌

吾勢枯波　何所行良武　己津物　隠乃山乎　今日香越等六（1—四三）

石上大臣従駕作歌

吾妹子乎　去来見乃山乎　高三香裳　日本能不レ所レ見　国遠見可聞（1—四四）

左注はまたも日本紀で、朱鳥六年春三月丙寅朔戊辰条とある。日本紀は朱鳥の年号を天武最末年の一年に限ってしか使わないが、万葉はこの年号が持統在位中にも継続したかのように使用している。よって右は持統六年（六九二）三月三日である。この月日は、前月一一日、持統が諸官（全官庁）に、当ニ以テ二三月三日一ヲ、将レ幸セント二伊勢一ニ、と詔していた。わが紀伝は、これを第一次伊勢神宮（多気大神宮—続紀）の落成式の日、と解している。

さて、以上の七首を読むと、伊勢という国柄、すなわち土地のイメージが作られつつあるように感じる。

まず㈠、伊勢はなぜ伊良虞と結びついているのか。㈠群二首の題詞は伊勢国伊良虞島と明記しているが、もとより三河国伊良虞埼が正しい。人麻呂歌でも、三首に五十等児乃島が出ている。伊勢は国そのものが東に海（伊勢湾）を置き、神風ノ伊勢ノ国ハ（神武紀、戊午年一〇月条歌謡六、垂仁紀二五年三月一〇日条）、則チ常世之浪ノ重浪帰スル国也（垂仁紀、同）とされてきた。伊勢は東に向いた国柄だった。

ついで㈡、人麻呂歌㈡群三首には他にも地名が出る。一、鳴呼見乃浦―二、手節乃埼―三、五十等児之島である。アミの浦を、沢潟久孝先生（注釈）は鳥羽湾の西、今の小浜地区でアミノ浜というのに当てた。タフシの埼は、鳥羽湾（港）を北東でかこむ答志島の崎の總称か、そのどれかか。イラゴの島とは愛知県渥美半島の西端伊良湖岬。ところが見てきたように㈠群二首の題詞は伊良湖岬のことを伊勢国伊良虞島としていた。今、三重県鳥羽港―愛知県渥美半島西端の伊良湖岬―同県知多半島南端の師崎を結ぶ伊勢湾フェリーは、さながら万葉巻第一の伊勢国イラゴ島のイメージをひきついだかのように走っている。

そして㈢、万葉集の伊勢国イラゴ島の歌物語と、紀が伝える麻続王をめぐる史実とは、もとより別事なのだが、結びついたのはなぜか。麻続王の身元はわからない。天武紀四年条以外は、常陸国風土記、行方郡条に、香澄里の南十里に板来村（現、潮来市潮来）があり、飛鳥浄御原宮天皇の世に麻績王を居処させた、とあるだけだ。しかしこれとて、流された西の因播とは反対の、東の涯で、万葉の伊良虞島よりもずっととおい。

私が着目するのは、この王の名を紀が麻続王と記していることだ、オミ omi はオウミ oumi がちじまったものでふつうは麻績と書く。現に常陸国風土記は麻績王としている。紵麻の茎の皮の繊維から糸を績むのを、麻績という。糸の細いのが絟、荒いのが紵である。その績を續（続）と書くのは、ただ一つ、伊勢神宮の四月九日神衣祭に奉仕する麻續氏の神麻續機殿神社（以上延喜式巻四、神祇四、伊勢太神宮）しかない。そして万葉㈠群二首の歌詞・題詞・左注、ともに麻續王としている。紀、万葉、延喜式がとおして麻續と書く、その麻続王とはいったい何者なのか。

まず王。王には二種があり、この王は㈠天皇一族の王で、親王以外の王である。現天皇の子が親らの王で、それ以外の、先代、先々代などの天皇の子が諸王である。それとは別に、たとえば孝徳の父は茅渟王である。この王㈡は小なりとはいえ茅渟県の王であって、天皇家との関わりはない。息子の軽王が初代天皇・孝徳になったからといって、茅渟王が天皇家にもつ立ち位置は初代の父という私的な関係だけであって、〔前天皇すなわち太上天皇といった〕公的な関係はない。この王と天皇家の諸王とでは性質がちがうのである。

天皇家の親王・王は生まれると、養育を担当する氏と湯沐邑が与えられ、その氏の名が麻続であれば育てられた天皇家の王は麻続王、皇子〔親王〕で大海氏に育てられたものは大海皇子を名のった。親王に初め位はなかったが、天武以後、親王・諸王に諸王の位が与えられた。紀などで確認できるのは二～五位である。制度上、一位はあったろうが六位があったかどうかは分らない。諸王の位は、壬申の乱で天武を支持し、天武四年三月、兵政官の長に任ぜられた栗隈王が諸王四位と記されているのが初見である。三位麻続王は諸王の中でも高位だったとみなされる。その麻続王父子が同年四月、罪有って流刑に処された。流刑を見ると二子が伊豆〔大〕島と血鹿嶋〔五島列島〕、麻続王は因播である。つまり主謀は二子で、麻続王は監督不行届といったところであったのだろうか。

麻続王を育てた伊勢麻績君は、崇神紀七年八月条に出ている。大系本補注〔五―一、文庫版㈠―四一三頁〕はこう記す――「伊勢の麻績氏としては、皇太神宮儀式帳〔八〇四年〕に多気ノ評ノ督領麻績ノ連広背、三代実録〔九〇一年〕、元慶七年〔八八三〕十月二十五日条に多気ノ郡ノ擬大領麻績ノ連ノ公豊世がみえ、古語拾遺〔八〇七年〕に「長ノ白羽ノ神〈伊勢国ノ麻続ノ祖…〉」とあり、和名抄〔九三一～七年〕に多気郡麻続〈乎宇美〉ノ郷、延喜神名式〔九二七年〕に同郡麻続神社がある。令義解〔八〇三年〕、神祇令、孟夏条義解に「又麻績連等、績レ麻ヲ以テ織二敷キ和衣一ヲ、以テ供ウ二神明ニ一」とあり、延喜太神宮式、神衣祭ノ条に「右和妙衣ハ者服部氏、荒妙衣ハ麻続（ミ）〔ヲ〕氏、各自ラ潔斎シ、始メテレ従リ二祭ノ月一日一織リ造ル」とある〔以上〔　〕、傍点山田〕」。

右でほぼ史料は網羅されているが、これらをつなげて、日本古代氏族事典・麻績の項（星野良作）は、「麻続にも作る。麻を績いで麻布を織る仕事に従事した麻績部の伴造の後裔㈠、麻績部の後身㈡氏族。㈠主流はのちの伊勢国多気郡の地を本拠とした一族。姓は連。連公にも作り、無姓の麻績氏もいた。かつて伊勢地方の麻績氏を管掌した伝統によって在地に根を張る一方、伊勢神宮の祭祀にも携わった。長白羽神を祖とする（『古語拾遺』など）。一族には孝徳朝に伊勢の竹村（竹評。のちの多気郡）の屯倉の督領に任じられた麻績連広背、元慶七年（八八三）十月に多気郡の擬大領であった麻績連公豊世らがおり、多気郡には麻続郷（『和名抄』）、麻続神社（『延喜式』神名帳）がある。（中略）㈡麻績部氏は伊勢・美濃・遠江国に分布するが、遠江・下野には神麻続部氏、上總国には若麻続部氏がいた」（傍点山田）と述べている。

多気郡は始め竹評と書いた。タケノコホリである。集解の選叙令に引く養老七年（七二三）一一月一六日付太政官処分は、竹郡とする。和名抄により相可、有武、多気、麻続、三宅、流田、櫛田の七郷から成っていた。麻続氏がその竹評の評督をつとめたのは、竹評で有力な氏だったからだろう。磯貝正義「郡司及び采女制度の研究」が言うように、評督は後の郡・大領で、助督（郡・少領）と合せて評造（郡領）と言った。

因播に流された麻続王が、万葉で伊勢国の伊良虞島へ流されたとふり替ったのには、王を育てた麻続氏が伊勢神宮の神郡である多気郡の有力豪族だったことが、一つ有力に働いたと推量される。そしてここに伊勢の貴種流離譚が萌芽したとみとめてもいいのではないか。

人麻呂は、持統の伊勢行幸に際して京に留ったと題詞にあった。留守官以下の正規の官員ではなく、行幸に供奉するのにも不足の低い身分だったのだろう。持統六年三月のことだった。この行幸が、続紀の多気大神宮（文武二年一二月二九日条、第一次伊勢神宮）の落成式に出席するためであったことは、「研究ひとつ」一つ章で述べておいた。続紀は書く――過ぎた神郡（多気、度会郡）及び伊賀・伊勢・志摩の国造等に冠位を賜った。当然に神郡多気を代表して麻続氏が冠位を賜った。

国名としての志摩は、ここが初出である。証しようがないが、伊賀、志摩ともに天武一三年（一〇月三日、諸国の堺を定めた）ごろ成立したとされている。人麻呂は、万葉集巻第一―40歌にあみの浦、41歌に答志岬、42歌に伊良虞島と歌いこめていたが、40、41はあきらかに志摩国答志郡の地名である。25歌の題詞で伊勢国伊良虞島とあったのが、人麻呂歌では、志摩国のあみの浦（現、鳥羽港）―同、答志岬（現、答志島）―伊良虞島（現、伊良湖岬）と地名がつらなり、海道紀行の趣ができだしている。すなわち麻続王の流罪は、伊勢神郡の麻続氏を介して伊勢へ移され、貴種流離文芸の兆しを思わせるが、その上に人麻呂が志摩―答志―伊良虞と玉裳の歌をつけ加えた、ように映るのである。

玉藻、玉裳ともに歌語であろう。㈠群23歌は玉藻を苅るとだけ歌っていたが、その「人の哀傷」に「感傷」した麻続王の24歌は、玉藻刈り食むと重ねた。「都人は玉藻を刈る海人の姿を賎しい行為と見て嫌った」（伊藤博、万葉集全注巻第一、一九八三年、一〇四頁）とはとても思えない。もしそうなら玉藻とは言うまい、伊藤が参照した巻第六―一一八七歌、網引きする海人とか見らむ飽の浦の清き荒磯を見に来し我を、にもその「嫌い」などはない。同巻九一三六歌、玉藻刈る海人娘子ども見に行かむ船梶もがも波高くとも、などと合せ読むなら、旅で（都では見られない）めづらかな風趣を見ているとすべきではないか。

㈡群では40玉裳と41玉藻とが重なる。そして40歌もそうだったが、玉裳というよりは玉裳の裾である。またたとえば黒牛潟潮干の浦を紅の玉裳裾引き行くは誰が妻（巻第九、一九七二歌）、立ちて思ひ居てもそ思ふ紅の赤裳裾引き去にし姿を（巻第十一、二五五〇歌）、などが示すように、玉裳は赤裳であって、その裾が潮に濡れようが濡れまいが、裾引く姿に男は異性を感じていた。人麻呂40歌の、娘子らが玉藻の裾、の娘子は在地の娘ではなく行幸に供奉した後宮の女官たちである。その大宮人が41歌で玉藻〔を〕刈るのだから、玉裳と玉藻とが重なって、都人の紅の裳裾が鄙のめづらかな玉藻刈で濡れていく風趣を、人麻呂は歌ってみせたのである。

一いち反対するわけではないが、麻続王の「著名な事件が各地に結びつけられて伝承された」(伊藤一〇四頁、傍点山田)のではなく、麻続氏を介して伊勢につながり(㈠群二首)、プレ伊勢物語として人麻呂の二群歌(㈡群三首)が、玉藻・玉裳の二重奏を歌い上げたと、私は見たい。

さて、右の人麻呂歌につづいて万葉集巻第一は、㈢当麻真人麻呂の妻と、石上大臣とによる二首を、編んでいた。万葉集全般に編集という作業がはたらいているのは、巻第十五の遣新羅使の歌ほどではないにせよ、あまねく注意すべきことだ。編集二首に主題をつけるとすれば、伊勢物語の誕生、であろう。

わが背子はいづく行くらむ沖つ藻の名張の山を今日か越ゆらむ(1―四三)

宮人は行幸の伴をして伊勢に行けたが、㈢当麻真人の妻は行けない。大和は盆地だからいずこへ行くにも山を越える。越えた山をへだてて背子は遠国へ、妻(我妹子)はひとり大和に残って居る。そういう構図で我妹子は歌った。沖つ藻はなびくので、やや苦しいがなばりに掛けた。それで伊勢の玉藻とつながる。名張の山の向うは伊勢である。夫(背子)の方は、石上大臣が歌った。

我妹子をいざみの山を高みかも大和の見えぬ国遠みかも(1―四四)

いざみ(さぁ見よう)の山を特定するのはむつかしいが、大和と伊勢を境う高見山(一二四八m)にあてできた。名張が大和、伊賀の境であるのと似た場の設定だが、43、44歌合せて、大和—伊勢の歌の場が、先の麻続王の歌同様に、できているのに気づく。それ故、右の歌とのつながりで、巻第三—三〇六歌をひいてもさして唐突ではないだろう。

伊勢の海の沖つ白波花にもが包みて妹が家づとにせむ

元正が養老二年（七一八）伊勢に行幸したさいの安貴王の作歌である。東の伊勢はさらに東に海を置く。その「沖つ白波」が歌い上げられた。安貴は、万葉初期歌人中の逸材、志貴の孫である。ときに十歳代とみられ、初めて海を見たのであろうか。この、家づとならぬ歌でもちかえった「伊勢の海の沖つ白波」が、古代文芸の道をきりひらいたと、あえて言っておきたい。つづいて「沖つ白波」を歌う万葉巻第一の八三歌、

海（わた）の底沖つ白波立（たつ）た山いつか越えなむ妹があたり見む

大宰府などの西国もしくは遣新羅・唐使などの海外への出向を終え、西から東へ立田の山を超えて大和に残る妹のもとへ、さあ帰ろう。その思いを表わすのに「沖つ白波」立田山がはまった。奈良時代だけではない。成立が平安・天暦以後かもしれぬ伊勢物語、二十三段の中にもある。東（ヤマト）から西へ方位は逆だが、

風吹けば沖つ白浪たつた山夜半にや君がひとりこゆらん（15—三六七三）

おそらく少し前の天暦年間（九四七〜五六年）にできた大和物語・百四十九段の中、九〇五年成立の古今和歌集・九九四歌、みな同じである。そして万葉三六七三歌に物語はなかったが、伊勢物語、大和物語、古今集、三書の三首（同一歌）にはいずれも歌物語がついていた。まず古今集。

（二〇一六・一〇・一二。アンジェイ・ワイダが死んだ由。一一日の夕刊で知った。ワルシャワで逢ったのはじつに五〇年前だった。）

題知らず　　　よみ人しらず

風ふけばおきつしらなみたつた山よはにや君がひとりこゆらん（九九四）

ある人、この哥はむかし大和の國なりける人の女（むすめ）に、ある人すみわたりけり。この女（をんな）おやもなくなりて、家もわるくなり行くあひだに、この男河内のくにに人をあひしりてかよひつゝ、かれやうにのみなりゆきけり。さりけれども、つらげなるけしきもみえで、かうち（ふ）へいくごとに男の心のごとくにしつゝ、いだしやりければ、あやしと思ひて、もしなきまに、こと心もやあるとうたがひて、月のおもしろかりけるよ、かうち（ふ）へいくまねにて、せんざいのなかにかくれてみければ、夜ふくるまで、ことをかきならしつゝうちなげきて、この哥をよみてねにければ、これをきゝて、それより、又外（ほか）へもまからずなりにけりとなんいひつたへたる

つぎに大和物語。

## 百四十九

昔大和の国葛城の郡にすむ男女ありけり。この女かほ容貌いときよらなり。としごろおもひかはしてすむに、この女いとわろくなりにければ、思ひわづらひて、〔男は〕かぎりなく〔女を〕おもひながら〔他に〕妻をまうけてけり。このいまのめは富みたる女になむありける。ことにおもはねど、行けばいみじういたはり、身の装束もいときよらにせさせけり。かくにぎわゝしきところにならひて、きたれば、この女いとわろげにてゐて、〔夫が〕かくほかに歩けど〔女は〕さらに妬げにもみえずなどあれば、いとあはれとおもひけり。〔女は〕心ちにはかぎりなく妬く心憂しとおもふを忍ぶるになむありける。〔男が〕留まりなむと思ふ夜も、なを「往ね」といひければ、わがかく歩きするを妬まで、異業するにやあらむ、さるわざせずばうらむることもありなんなど、心のうちにおもひけり。さていでていくとみえて、前栽の中に隠れて男や来るとみれば、〔女は〕端にいでゐて、月のいといみじうおもしろきに、頭かい梳りなどしてをり。夜更くるまで寝ず、いといたううちなげきてながめければ、人待つなめりとみるに、使ふ人のまへなりけるにいひける、

〔葛城の女〕風吹けばおきつしらなみたつた山よはにや君がひとり越ゆらむ

とよみければ、わがうへをおもふなりけりとおもふに、いとかなしうなりぬ。この今のめの家は立田山こえて行くみちになむありける。かくてなを見をりければ、この女うち泣きて臥して、金椀に水をいれて胸になむ据へたりける。「あやし、いかにするにかあらむ」とて〔男〕なをみる。さればこの水熱湯にたぎりぬれば、湯ふてつ。又水を入る。みるにいとかなしくて走りいでて、〔男〕「いかなる心ちし給へば、かくはしたまふぞ」といひてかき抱きてなむ寝にける。かくてほかへもさらに行かでつとゐにけり。かくて月日おほく經て〔男の〕おもひける

やう、「つれなき顔なれど、女のおもふことといといみじきことなりけるを、かく行かぬを、いかに思ふらむ」と思ひいでて、ありし女のがりいきたりけり。久しく行かざりければ、つゝましくてたてりけり。さてかいまめば、我にはよくてみえしかど、いとあやしき様なる衣をきて、大櫛を面櫛にさしかけてをりて、手づから飯盛りをりけり。いといみじとおもひて、来にけるまゝに、いかずなりにけり。この男は王なりけり。

そして伊勢物語。

二十三

むかし、田舎わたらひしける人の子ども、井のもとに出でてあそびけるを、大人になりにければ、おとこも女も恥ぢかはしてありけれど、おとこはこの女をこそ得めと思ふ。女はこのおとこをと思ひつゝ、親のあはすれども、聞かでなんありける。さて、この隣のおとこのもとよりかくなん。

筒井つの井筒にかけしまろがたけ過ぎにけらしな妹見ざるまに

女、返し、

くらべこし振分髪も肩すぎぬ君ならずして誰かあぐべき

などいひ〳〵て、つゐに本意のごとくあひにけり。

さて、年ごろ經るほどに、女、親なくたよりなくなるまゝに、もろともにいふかひなくてあらんやはとて、かうちの國、高安の郡に、いきかよふ所出できにけり。さりけれど、このもとの女、悪しと思へるけしきもなくて、出しやりければ、おとこ、こと心ありてかゝるにやあらむと思ひうたがひて、前栽の中にかくれゐて、かうちへいぬる顔にて見れば、この女、いとよう假粧じて、うちながめて

風吹けば沖つ白浪たつた山夜半にや君がひとりこゆらん

とよみけるをきゝて、限りなくかなしと思ひて、河内へもいかずなりにけり。

まれ〳〵かの高安に来て見れば、はじめこそ心にくくもつくりけれ、今はうちとけて、手づからいゐがひとりて、笥子のうつわ物に盛りけるを見て、心うがりていかずなりにけり。さりければ、かの女、大和の方を見やりて、

君があたり見つゝを居らん生駒山雲なかくしそ雨は降るとも

といひて見いだすに、からうじて、大和人來むといへり。よろこびて待つに、たび〳〵過ぎぬれば、

君來むといひし夜ごとに過ぎぬれば頼まぬ物の戀ひつゝぞふる

といひけれど、おとこ住まずなりにけり。

右三書について、大系本、大和物語の末尾につけた補注が簡要なので、借りて引く――「大和物語のこの段の説話を分解すると、「風吹けば」の歌を中心とする前半(A)と、新しい女をのぞき見する後日譚の後半(B)の二部分から成っているが、古今集では、この(A)に当る部分のみ見え、伊勢物語では、(A)(B)の先にさらに、「筒井筒」の和歌を中心とした幼時の恋(C)が語られて三部分から成っている。元来和歌の力で、不幸な女が男の愛を取戻すという(A)の主題が、説話の発展の過程に、(B)(C)の如き付帯的要素をつけ加えて行ったものと思われる。また大和物語の場合には、特に、(A)の場面描写に力が注がれていることが注目される。しかし、たとえば金椀の湯のごときも、嫉妬の情のはげしさを誇張したものとのみ単純に受取るべきでなく、むしろ、「胸の思ひ」を「火」に取り做す、当時の最

もありふれた和歌的連想による虚構と見た方がよいであろう。」

以上を、私は「文芸のはじめに歩きがあった」（NEXTAGE №19、のち『まち・みち・ひと・とき』一九九六所収）で、やや重複するが、こう書いた――〈大事なのは、万葉八三歌が、伊勢物語の、

風吹けば沖つ白波立田山夜半にや君がひとり越ゆらむ

という有名な歌の本歌だということである。八三歌に比べるとこれは明らかに大和から西へ竜田山を越えるように方角が逆転しており、しかもそれが伊勢物語の中にぴしゃっとおさまっているのだから、ふしぎである。

いや少し急ぎすぎた。右の歌をふくむ伊勢物語は、三段から成り立っている。

一段、筒井筒（つついづつ）の男女が恋し合い、親が他にめあわせようとするのをこばみ、とうとう夫婦になった。

二段、その夫に河内の高安に女ができた。妻がいやな顔をせずに送り出すので、妻の浮気をうたがい、ある日、行くふりをしてうかがっていると、先引の歌を悲しげにうたったので、夫は高安にあまり行かなくなった。

三段、その後まれに高安に行っても女の興ざめた振舞いにいや気がさし、とうとう通わなくなった。

この物語はかなり流布していたとみえ、伊勢物語のほか、古今集や大和物語にもある。ただし古今集では二段だけがあり、大和物語は一段がない。そこで物語の成長としては、まず二段ができ（古今）、つぎに三段がつけ加えられ（大和物語）、最後に一段が加わった（伊勢物語）とみなされる。

こういう物語の背景から、先の風吹けば……の歌をじっくり見てみよう。国文学者の多くは、初二句は竜田山のタツを導く序として切り捨て、「この夜中に、あの方はただ一人で立田山を越えていらっしゃるのでしょう。どうか、

ご無事ならよいが」、と解釈している。

国文学者井口樹生「風と紅葉」は、初二句を竜田のタツを引き出すだけのものであろうか、とうたがい、「物語の作者は伊勢物語にこの歌をはめ込んだ時に、むしろこの序歌の方に意味をもたせたのではあるまいか」と考えた。「女が夫を他の女の所へいだしやって前栽などを眺めている。そしてそこに風が吹いている。その風で、はっと今、竜田山を越えているということが知覚された、……とよむのが本当であろう」。

井口説に賛成だが、初一句はそれでいいとして、二句の沖つ白浪はどうなるか。大和物語をみると、妻は妬心のあまり、金椀(かなまり)に水をいれて胸にあて、水がたぎって湯になると捨てる。男は「みるにいとかなしく走りいでて、いかなる心ちし給へば、かくはしたまふぞといひてかき抱きてなむ寝にける」と、委細をつくしている。そうすると沖つ白浪は、この女の胸に波立つ妬心を考えあわせるべきであろう。つまり先の一首の私の解はこうである。――西の竜田山から吹く風に、波立つ沖の白浪のように、私の胸の炎は騒ぐけれども、その竜田山を、夜道をかけて、あなたはただ一人、この私をおいて、越えようとするのか。〉

麻続王が伊勢国伊良虞島につなげられ、玉藻―玉裳―沖つ白波という歌の連鎖で、万葉集―古今集―大和物語―伊勢物語と、古代文芸の道が東西に展開したのをみてきた。次は眼を南北の道に転じよう。

天白は、一九七〇年ごろ私の好奇心に入りこみ、その起源と分布を探るのに熱中した、一つの歴史現象である。藤森栄一「諏訪大社」(一九六五年)は、同社の守矢文書を精査し、諏訪社の神が、シャグジ・守矢祭政体から、ミナカタトミ・大祝祭政体に交替したことを、明らかにした。八世紀のころである。現人神大祝は幼少の頃、即位式を、上社の前宮で挙げた。終ると御門(帝)戸屋でひとつの神事が行われた。守矢文書の中に「御頭(おんとう)祭の御帝戸屋(みかどや)神事の申立て祝詞」を記録したものがある。「御帝戸屋湛のきよみ先の八葉盤四葉盤はおりしかやと申す天白こそ館内に降り来る可へ〔き〕災難口舌をば未だ来ぬ先に祓い却せ給へと畏こも畏こも額つか申す」。

大祝の即位とは、諏訪大明神（ミナカタトミ）の神衣を身に着けることで、その神と一体になることを意味する。ミナカタトミ神の后神は、ヤサカヒコ（八坂彦命）の子ヤサカトメである（上宮御鎮座秘伝記、諏訪上宮神名秘書巻、続日本後紀）。古語拾遺によれば、天ノ八坂彦は、天ノ白羽とともに、長ノ白羽命の亦名であった。すなわち大祝の即位式に、諏訪大明神の后の父、天白へのミカドヤ神事が行われても、ふしぎではない（以上、天白紀行、一三四頁）。

では大祝とは何者か。まず(a)イセツヒコ。つぎに(b)その亦名イヅモタケコ。ともに伊勢国風土記逸文に出る。(a)のイセツヒコは仙覚の万葉集註釈（巻一、八一）が伝えたもの。(b)のイヅモタケコは道祥の日本書紀私見聞（神風伊勢ト云事）が伝えたものである。

(a)は「神武東征のとき、勅命でアマノヒワケが伊勢津彦を征服したという伝承」で「出雲の国譲りと似た経緯があり、イセツヒコは国を献じて東の洋上に去った。神武はイセツヒコの名をとってその国を伊勢と名づけたという」。つづけて伊勢津彦神、巡リテ令ムレ往カ二信濃国一ニとあるが、これは後代の書き入れである。「しかしイセツヒコが、後代、信濃と関係するものとして記憶されていたことがわかる」（天白紀行、一三八頁）。

(b)は、イセツヒコが、又の名を「出雲の神」（オオナムチ）の子で、出雲建子命とも云う、と伝える。オオナムチは紀の巻第一、第七段*第六の一書で亦名をオオモノヌシともされている。崇神紀七年八月条によると、オオモノヌシをその子オオタタネコに祭らせよとの夢を見た三人の中に、伊勢麻績君の名があった。

紀記（とくに記）の出雲「神話」は、出雲自体の物語りではだんじてなく、ヤマト王権による統治物語りの一環である。伊勢―諏訪の天白を軸に、出雲―大神（三輪）―伊勢―諏訪という国譲り「神話」的な土地が重複する。この重複を示すように、「諏訪〔祭政体の〕大祝は、神氏である。そこではじめ諏訪神氏のち諏訪氏を名のった」（同、一三九頁）。

出雲「神話」の一つに、国譲りにさいごまで抵抗したタケミナカタの敗北譚（その反面が、後進氏族にすぎない藤原氏祖神タケミカツチの功名譚）がある。タケミナカタは諏訪に逃げこんだ。オオモノヌシを祖神とする大三輪朝臣高市麻呂は、持統六年三月三日の第一次伊勢神宮（多気大神宮―続紀）落成式への持統の行幸に反対して、失脚した。三輪もまた敗北の地である。伊勢のイセツヒコや、出雲のタケミナカタ、三輪のオオモノヌシ、みな敗北して東方へ去っている。

伊勢国多気郡の督領は麻続氏であった。また、麻続部氏は伊勢・美濃・遠江に、神麻続部氏が遠江・下野に、若麻続部氏は上總国に分布していた（佐伯有清、新撰姓氏録の研究、考証篇第三、一九八二年、二四〇〜三頁）。他方、姓氏録、右京神別上に神麻績連が記されていて、伊勢の麻続氏の一枝族で中央に出た者がいたことも分るが、本宗家は父祖伝来の伊勢にとどまった。続紀、延暦一〇年正月丙戌条に、授ニ外ノ正六位ノ上麻続ノ連広河ニ外ノ従五位下一ヲ、以レ献レ物ヲ也、とある。麻続氏は「伊勢地方の豪族であったと考えられる。当時、貢献・寄進した物は、郡司級の土豪であったからである（飯田季治、古語拾遺新講、五頁参照）」と佐伯はいう（前掲書、同頁）。

文献にはないが、神社や地名の連なりから、麻続の一枝族が北東に移動したと、私は見ている。

1　三重県多気郡（現、松坂市井口中町）　神麻続機殿神社
2　愛知県（現、稲沢市）　旧麻績村
3　長野県飯田市座光寺　麻績神社
4　同　松本市（旧、今井村）　麻績（つうそ）神社（現、堂村今井神社に合祀）
5　同　麻績村　麻績（旧日向村、桑関・上井堀・玉根に天白神社一、天白社二）

この1〜5を結ぶラインは、まさしく麻続氏の祖、長ノ白羽亦名天ノ白羽（天白）圏の中軸とでもいうべき立ち位

（北）

| 神名 | 地名 | 人・神社名 |
|---|---|---|
| 〔長〕天ノ白羽（天白）（亦名天ノ八坂彦）(女)↓ヤサカトメ<br>多気・麻続氏（伊勢麻績君） | （東）伊勢・多気(タケ) | 持統・アマテラス<br>多気大神宮 |
| ミナカタトミ（諏訪）（タケミナカタ） | 諏訪 | 諏訪大社・タケミナカタ |
| オオタタネコ（三輪君の始祖） | 茅渟県陶邑（南） | 茅渟王（孝徳父） |
| 幸魂奇魂（亦名）<br>オオモノヌシ（大神(ミワ)神社祭神）→(男)→オオタタネコ | 大和・三輪 | 大神神社祭主<br>大三輪高市麻呂 |
| オオナムチ（スサノオとイナダの子）→オオモノヌシ<br>(男)↓タケミナカタ→ミナカタトミ | 出雲・清地(スガ)（西） | 出雲大社 |

置にある。諏訪がぬけているようにみえるが、諏訪大社そのものが、現人神大祝の即位式での御門戸屋神事で天白を祀っているのだから、麻続神社でもあると言っていいだろう。天白という歴史現象の経路が麻続氏の一枝族の移動を示している。

先に、万葉集巻第一の麻続王歌を手はじめに、玉藻、玉裳、沖つ白波といった歌語を重ねて見、大和―伊勢を結ぶ東西の文芸の道が浮かびあがるのを、見ておいた。これを東西の大和―伊勢の物語とすれば、天白（麻続）の歩いた跡は、伊勢―諏訪と南北に展開したのである。関連する事項を表示してみよう（前頁）。

まず第一、「出雲」（というよりは葦原中国）のスサノオと、「伊勢」（というより高天原）のアマテラスとが対峙する。私の紀伝総論「研究ひとつ」で述べておいたように、日本書紀は、古態（倭国神話）の

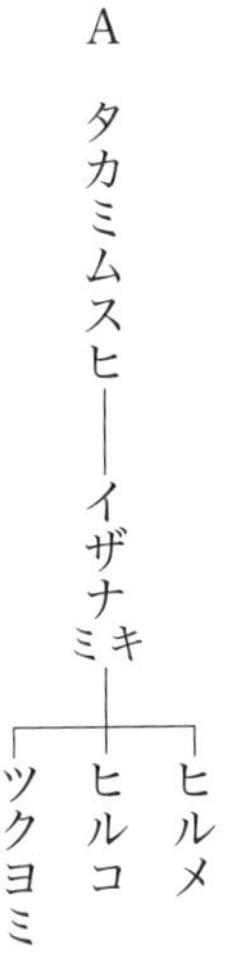


を新態（日本国「神話」）の

B　イザナキ／ミ ― アマテラス
　　　　　　　　 ― ツクヨミ
　　　　　　　　 ― スサノオ

に組みかえたうえで、アマテラス中心の高天原「神話」を造作した（日本書紀の研究ひとつ、七つ章参照）。記にいたっては、タカミムスヒを別天神ないし高木神として隔離し、終始アマテラス一本槍である。この「神話」の第一場は、スサノオによる高天原の争奪を疑っての誓い「神話」で、アマテラス、スサノオ姉弟が争った。

第二に、高天原（天上）から葦原中国（天下）に降ってきても、スサノオ（出雲）とアマテラス（伊勢）とは、対峙

の構造を崩さない。スサノオはクシイナダヒメを婚って、国造りの大神オオナムチを生む。この天下＝地上のオオナムチに対し、天上のアマテラスは天孫ニニギへの国譲りを迫るのだから、次世代にも姉弟対峙の構造が引き継がれていく。国造大神オオナムチの幸魂奇魂はオオモノヌシ（第七段第六の一書*）で、その男オオタタネコ（三輪氏の始祖、崇神紀八年一二月条）以来、大和・三輪の大神神社に祀られている。

アマテラスを「産」んだ（造作した）持統が、六年（六九二）三月、第一次伊勢神宮（多気大神宮―続紀）の落成式に行幸するのを諫争したのが、「中納言」大三輪朝臣高市麻呂（オオタタネコさかのぼるとオオモノヌシ＝オオナムチ、さらにはスサノオの末裔）である。七世紀末になっても、アマテラス・スサノオ姉弟の対峙構造が、伊勢神宮対大神神社という形でひきつがれている（天下＝地上の政治的物語）。

第三に、信濃の諏訪神社の祭神はミナカタトミ。その后神が天ノ八坂彦（天白）の女・ヤサカトメ。すなわち、ミナカタトミはオオナムチの男で、后神は、オオモノヌシの祭祀にかかわった麻績氏の始祖アマノヤサカヒコ（天白）の女と、ともにオオナムチ（亦名オオモノヌシ）に関わりがある（ただ第一、第二にみられた姉弟対峙の形はもはやない）。

そして第四。オオモノヌシすなわち大神の神と、その祭主である大三輪（大神）高市麻呂とは、持統六年三月の伊勢（神宮）への行幸に反対して失脚した（「研究ひとつ」前篇一つ章）。オオモノヌシは、天下の大地を作ったオオナムチの、或は幸魂奇魂或は亦名とされているが、結局は天上系のアマテラスを作った持統によって、失脚した。この点でミナカタトミとオオモノヌシ（大神の神）とは敗残を同じくしている。諏訪に逃げこんだミナカタトミの後裔である大祝がのちに諏訪神氏を称したのと、大神の神と人とが失脚したのとは、軌跡を一つにしているように、映るのである。

（二〇一六・一〇・一九）

＊ 井口樹生さんは端正な人だった。植物を好んだ学者の一人で、それで知り合った。のち、若いとき愛読した作家山手樹一郎の息と知り、何となく名や植物好きの由来を知ったような気になった。

（二〇一九・二・一）

# 其北岸狗邪韓国考

魏志倭人伝は冒頭で、魏・帯方郡使が倭に向けてたどる経路をのべたが、その記事の中に、到二其北岸狗邪韓国一（傍点山田）の一句がある。この句を、三七年前（一九七九年）に刊行した「魏志倭人伝の世界」で、私は、「倭国の（側からみて）北岸、（朝鮮半島の南岸にある）韓の地の狗邪国」と訳解している。三七年がたち、ACC湘南教室で「私の古代史」という講座をもち、久しぶりに魏志倭人伝を読んだ。そして右の句に再会し、改めて考え、右の訳解がまちがっていたのに気づいた。

㈠右の句でまず考えたのは、代名詞の其である。なんの代名詞か。其がでてくるまでの倭人伝の文を必要な分だけ略記すると、従レ（帯方）郡至レ倭、…歴二韓国一…到二其北岸…一、である。帯方郡は西にしか海がないから、其北岸はない。韓は東、西、南が海だが、其北は海ではない。倭は島国だから四面海で、三つの候補の中で、唯一、其北岸をもつ。代名詞・其に該当するのは倭しかない。だが、日本列島（九州島も）の北岸には海しかない。

㈡先の句は其北岸狗邪韓国と続いていた。狗邪韓国とは、韓ノ狗邪という地名の二段表記を一段表記にしたものである。狗邪は韓という国に所在する。当然、海は南にあるから狗邪（加耶）は韓の地の南岸である。（16・10・22）

㈠と㈡から、其北岸に該当するところはない、というほかはない。しかし魏使はまちがいなく其北岸狗邪韓国に到着しているし、狗邪（加耶）は実在の地名で、たしかに韓の南岸にある。其北岸を別にすると、それ以外に不審はない。しかし〔不審な〕其北岸と〔不審でない〕狗邪韓国とは切り離せない一体のものとして記されている。別にすることはできないし、また代名詞其は韓ではなく倭を指していた。

それやこれやで、三七年前の私は、さんざん苦労して、結果的には辻褄合せの読みをした――「倭国の〔側から見て〕北岸、〔朝鮮半島の南岸にある〕韓の地の狗邪国」、と。

この本を書いて七年後、私は日本（書）紀の注釈と講読だけを残して、それ以外のことは捨てた。日本紀をあれこれ検証しながら読んでいくと、先学の紀の読解につじつま合せ式のものが多いと気づいた。つじつま合せ読みをしてはならない。これが私の日本紀読解の一つの公理になった。先学の読みをつじつま合せ読みだとする批判は、ひるがえって其北岸狗邪韓国をつじつま合せ読みした私自身を打つことになる。

朝鮮・対馬海峡の地図

私の紀伝総論「日本書紀の研究ひとつ」は念校の段階になってからもなお新稿を付加する体たらくで、二〇一五年正月に一応の完成稿を風人社に渡した後も、覚え書〔章〕二つ、補論四つ、覚え書〔梗概〕一つ、注五、六を付加し、一六年一〇月末現在、なお未刊である。そのさいご〔念校〕に付加した一つが「タカミムスヒについての覚え書〔梗概〕」である。私の紀伝の主柱の一つが、アマテラスは持統三年八月に公表された政治的産物だ、である。そのアマテラスと並ぶ高天原の主宰神タカミムスヒについて、正面から論じていないのに気付き、印刷の台割りが決っていたのに、「余白」を見付けておしこむように入れた。アマテラスがヤマト（日本国）の政治的産物なら、タカミムスヒは（対馬・朝鮮二）海峡をはさんだ、朝鮮半島南岸と九州の北岸（北部九州）にわたった海峡国家・倭国の神である。

三七年前、其北岸狗邪韓国を読解するのに、私は倭人条以外の魏志東夷伝を読んではいたが精読ではなかった。魏志東夷伝には倭人条の前に韓条があり、こうはじまる。


韓ハ在ツテ二帯方〔郡〕之南一、東ト西ハ以テレ海ヲ為シレ限リト、南ハ与レ倭ト接ス。


南ハ倭ト接ス。これを私は、朝鮮半島の南には日本列島の九州（倭）がある、と浅く解して、次の方四千里可(ばか)リ、へ目を移していた。三七年後、倭人伝と同じく東夷伝を日本紀なみに精読した。南与レ倭接。接とはどういう意味か。中国の古い辞書は接ハ、交デアル也というように書く。以下、接ハを略して交也などの方だけを引く。交也（説文）、合也（広雅・釈詁一、広韻）、続也（同釈詁二、字彙）、連也（字彙）。藤堂明保・学研漢和大辞典がおもしろい。接はクッツク、首尾相接（アタマとシリとがくっつく）。またツグ（前者が後者にくっついてつながる）、接踵而至（前人のカカトにツマサキがくっつくほど次つぎと来る）。接はじかにクッツク。すなわち間接ではなく直接である。そうか接はクッツクだ。

韓（朝鮮半島南半）の地は、現在の韓国がそうであるように、東、西、南が以レ海為レ限ている。ところが三世紀の魏の時代には、東と西は海に接(くっつ)いていたが、南は倭とクッツイテいた。すなわち、魏の時代（二二〇～二六五）、韓の南岸（朝鮮海峡に面した地の一部）は倭で、だから狗邪韓国（朝鮮半島南半・韓地にある狗邪）を其（＝倭）の北岸と魏志東夷伝は記したのである。

　やや煩わしいが、念のため三国志巻三十、魏書三十・烏丸鮮卑東夷伝をしっかりと見直しておこう。その最初の条は夫余だが、南ハ与二高句麗一ト、東ハ与二挹婁一ト、西ハ与二鮮卑一ト接スとある。次の高句麗条は、南ハ与二朝鮮・濊貊一ト、

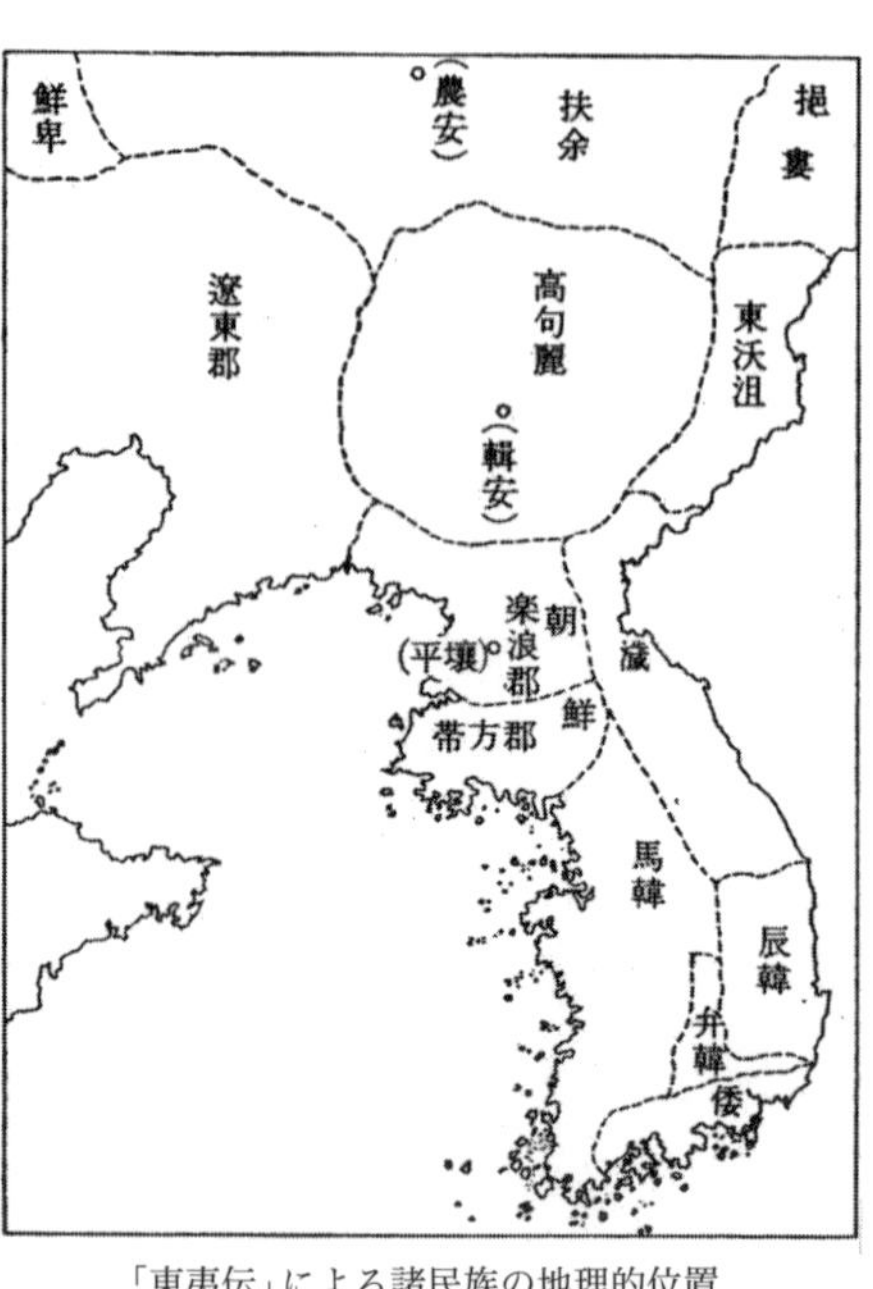

「東夷伝」による諸民族の地理的位置

東ハ与二沃沮一ト、北ハ与二夫余一ト接ス。東沃沮条は、北ハ与二挹婁・夫余一ト、南ハ与二濊貊一ト接ス、挹婁条は、南ハ与二北沃沮一ト接ス、濊条は、北ハ与二高句麗・沃沮一ト接ス、そして韓条に南ハ与レ倭ト接ス。以上別図（井上秀雄「古代朝鮮」一九七二年より借用）を見ればことごとくが「国境」でくっついている。その先、韓条に次ぐ倭人条は四周が海だから、この条に接の字は使われていない。また韓条の与レ倭接は、その先へいくと、弁辰瀆盧国の名が弁・辰韓合二十四国の中に見え、さらに韓条の終ろうとする箇所で、其ノ瀆盧国ハ与レ倭ト接レ界ヲと出る。以上、接がくっつくの意と分ったし、また韓の南がすべて倭ではなく、瀆盧国だけが倭に接していた（上の井上秀雄『古代朝鮮』の図では倭の範囲が東西にひろがりすぎる。現金海市一点である。）ことも分った。そして先に見たように、韓条の倭とは、倭人条の其北岸狗邪韓国のことであり、いわゆる金官加羅（好太王碑のいわゆる任那加羅、現在の金海市）である。

私の紀伝のもう一つの主柱は、いわゆる「天孫降臨神話」が、その実、ニニギ（としか名が残っていない）が、加耶から海北道（現、朝鮮・対馬二海峡の加耶と博多湾とを結ぶ航路）を通って、博多湾の西部、日向の今山の下の海岸に上陸し、のちの倭国を創世したとの史実を書き替えたものだった、である（研究ひとつ、後篇、古代史と日本書紀、二・三つ章）。後篇を刊行した一九九九年、私は倭人条の其北岸狗邪韓国を、韓条の南与レ倭接と合せて、正確に理解することができなかった。このためニニギが加耶（狗邪韓国）から来たことへの文献的根拠として、魏志東夷伝韓条および倭人条を提示しえなかった。

日本の古代史で、弥生時代は、およそ一二〇〇年（B.C.九五〇〜A.D.二五〇）にわたる時代である。研究が進み、水田稲作とそれがひきおこした社会的変化、それに見合う文化的上部構造の様相まで、見通せるようになってきている。たとえば宮本一夫「農耕の起源を探る―イネの来た道」（二〇〇五年）は、東北アジアの農耕化を、四つの段階に区分した。第一段階は紀元前四千年紀後半で、中国黄河中・下流域に始ったアワ・キビ農耕が、遼（現中国東北部で遼河を境に東・西に分れる）を経て、朝鮮半島西北部から半島南岸まで広がった。第二段階は紀元前三千年紀後半で、長江中・下流域に始ったイナ作が山東半島・煙台辺に北上し、さらに遼東半島を経て朝鮮半島の中・南部にまで到達する。第三段階は紀元前二千年紀半ばのことで、イネの栽培・収穫技術が深化し、水田・畠のイナ作に伴う農工具、それを加工する石器類が、同じ山東―遼東―朝鮮三半島に広がる段階である。注目すべきは磨製石器群で、遼東型石斧・扁平片刃石斧・石包丁から成る。

このイナ作が海峡を渡って北部九州の菜畑、板付、曲り田に到達するまで、やや半世紀ほどの足踏みがあった。そのおかげで成熟した水田イナ作が海を渡って来たのが、紀元前九五〇年（歴博研究グループの測定による）、ここに弥生時代の幕が開けた。畦畔を伴う水田の灌漑施設を整えるには、木製の農具が不可欠である。木製の鍬は水田の畦作り、除草に、木製の杁（えぶり）（さらえ）は、歯のない熊手で、穀物や落葉などを掻きよせる。水田イナ作の集約農耕は、中国考古学がいう岳石文化期に、山東省桓台県の唐山遺跡が示すように、環濠集落を伴っている。朝鮮半島では、日本列島の弥生時代と関連する無文土器時代に、環濠集落が実現している。水田イナ作と環濠集落と支石墓は弥生時代の代表的な歴史現象だが、水田イナ作・環濠集落・支石墓セットが海峡を渡ってくる段階が、宮本のいう第四段階である。

これほどの目配りで見透した宮本だが、この第四段階を「朝鮮半島南部と北部九州の交流」（二一二頁以下、傍点山田）、ちじめて「両岸地域の交流」（たとえば二二五頁、傍点山田）と表現している。これは宮本に限らず、考古学者・古代史家に一般的な表現である。宮本のいう「交流」は、しかしその実、一般的な表現をこえている。たとえば「東北アジア農耕化第四段階」の小見出（二三三頁）の箇所で「気候変動に伴う農耕渡来民の南下は、新耕作地を求めた移住であり、これらの人々が環濠集落、支石墓、土器製作技法や土器様式といった社会的システムを携えて半島から北部九州へ渡ってきた。これが東北アジア農耕化第四段階の動きである。そしてこの動きが北部九州における弥生時代の始まりを促したのである」（二三三～四頁、傍点山田）。

交流という表現には、現在の韓国・日本国の国境が、あたかも縄文後晩期～弥生時代初頭にも存在したかのような口ごもり、遠慮を思わせる。近代史における理不尽で不幸な日朝関係が、古代史における「両岸」関係の表現にまで及んでいる。古代、それも縄文後晩期～弥生時代、朝鮮・対馬海峡に国境などはなかった。また、魏志東夷伝韓条でみた、半島南岸の一部が倭であったのは、古代史それも三世紀ごろまでに限ってのことで、後代の両岸史（たとえば日本書紀の虚構の任那日本府など）に関わることではない。

水田イナ作の北部九州への伝播（B.C.九五〇年）から、三世紀前半の魏使（帯方郡使）の狗邪韓国をへての倭国への遣使まで、およそ一二〇〇年である。この間に、もはやその名は彦火瓊瓊杵（紀）としか分らぬが、ニニギが北部九州に渡来した。その年代は不明である。いわゆる高天原「神話」の第一場・誓い「神話」の中に、日神（第一の一書）、又は（本文）アマテラスの生んだ三女神について、二つの記事が注目される。一つはその身許で、此則筑紫胸肩（宗像）君等所祭神（大系本文庫版、第五段本文末*、㈠―六六、四三八頁）。二つが三女神への日神の命令で、令降居于筑紫洲、因教之曰、汝三神、宜降居（海北）道中、奉助天孫、而為天孫所祭（同、六八、四三九頁）。右の二記事は、ニニギが海北道（朝鮮半島南岸と北部九州北岸とを結ぶ海の道を北部九州側から名づけたもの）を通って、半島南岸（後の加耶）から北部九州北岸へ渡来するのを助ける為に、宗像三女神は道中に祭られていよ、と言ったのである。

ニニギが、槵日ノ二上ノ天浮橋（同、第八段本文、*㈠—一二二、四五五頁）で上陸し、熊襲を平定して日向を本拠地とし、さらに博多湾岸を東行して、吾田ノ長屋ノ笠狭碕に行き、事勝国勝長狭という男と出会い、国在耶以不（とちがあるかないか）と聞いたことは、「研究ひとつ」のあとがきでも、板付遺跡と関わらせて書いておいた。国とは土地のことで、場所柄、たんなる土地ではなく水田イナ作の適地の存否を問うたのである。長狭の答えも打てばひびく様で、此焉有（ここそこその）レ国（とち）、請任（おすきに）レ意遊之（めぐりみなされ）、といった。これがいつごろの出来事なのか、紀はむろん記していない。私は、ニニギの本拠地である日向を、博多湾岸西端、室見川とその支流日向（ひなた）川にはさまれた吉武遺跡群（とくに吉武高木遺跡）のこととみている。高木遺跡の年代は弥生中期初頭（紀元前4世紀）である。最初期の環濠イナ作集落・板付遺跡（紀元前一〇世紀）におくれること五世紀ほど。このことは、半島南岸から北部九州北岸へ渡来する集団が、紀元前一〇世紀以後、幾重、幾十重と跡を絶たなかった（接踵而至）ことの一端とみなされる。

ただし、「研究ひとつ」でみておいたように、ニニギの日向ひいては博多湾岸の支配は、カシツヒメによる筑紫一円の平定、ヒコホホデミによる阿蘇山以北の平定とつづき、これによって後のいわゆる（魏志倭人伝の）倭国の範囲が成立した。幾重もの渡来の中で最大の規模だったとみなされる。ニニギは高屋宮（景行紀一三年五月条、㈡—七四頁）で、御刀媛との間に一子（「豊国別皇子」、この名の何と後代的なことか。倭国史を紀に書き替えた日本国律令官僚の改名である）を儲けたが、「日向国造の始祖」（同七四頁）とあるから、ニニギの日向での末は日向王にとどまった。ニニギの主系は、槵日のカシツヒメとの間のヒコホホデミだが、これとて後の女王ヒミコとは一系的なつながりはなかったろう。ニニギの渡来（紀元前四世紀）は、板付（紀元前九五〇年）と魏志の伝える邪馬台国（紀元後三世紀）との中間としかいえない。

ニニギの事は「神話」ではなく北部九州史の史実である。では北部九州での神話はいかなるものであったのか。

これについては「研究ひとつ」の終りに書き足した（じっさいには前篇一つ章の余論五に当る）「タカミムスヒについて」（梗概）がある。ニニギ同様に、もはやタカミムスヒとしか名が残っていないが、ほんらいの名は古朝鮮語だったかと考えている。この神は、対馬の日神、壱岐の月神の祖であった（大系本文庫版、顕宗紀三年二月条、㈢―一二八～九頁）が、この記事で私が注目したのは、月神が我ガ祖高皇産霊ハ、有ル下予メ鎔二造シタ天地一之功上ガ、と神がかりして語ったという事である。鎔は字彙が銷ス也としたように、動詞としては鉱石・金属を熔かす意である。また名詞としては顔師古が鎔トハ謂二鋳ル器ヲ之模範一也としているように鋳型である。したがって鎔造とは、熔かした金属を鋳型に容れて金属器を造ることをいう。この記事からタカミムスヒを青銅器時代に溯源する神柄とみなせるのかどうか。天地を鎔造したとは、いわゆる紀記神話とは桁外れのスケールの神話である。

他方、タカミムスヒは、イザナキ・イザナミの祖である蓋然性をもつ。そう考える文献的根拠は、紀巻第一、第三段*、第一の一書（㈠―一二六頁）である。

一書ハ曰ウ、天神ガ謂ッテ二伊弉諾尊・伊弉冉尊一ニ曰ッタ、有ル二豊葦原千五百秋瑞穂之地一ガ、宜シ二汝ガ往ッテ修ム一之。

紀で天神の語は右が初出である。アマテラスは（紀の叙述でも）まだ生まれていないから、この天神はタカミムスヒで、イザ二尊に天降りを命じている。天孫（天神と対）降臨の原型が右の一書である。右文だけでは天神と二尊との関係は不明だが、天地を鎔造し日月二神の祖であるタカミムスヒが、イザ二尊の祖である可能性は高いと思われる。イザ二尊の本拠は筑紫ノ日向ノ小戸であった（㈠―四六頁）。小戸は小さな瀬戸の意だから、二尊は日向の神である。対馬に日神、壱岐に月神、筑紫の日向にイザ二尊。この神の配置から其北岸の神はタカミムスヒである。タカミムスヒには天神、また天孫降臨がつきまとう。朝鮮半島南部では、王の始祖が天降ってくる神話が所在した。

とくに金官加羅（狗邪韓国、現・金海市）の亀旨峰に加耶六国の始祖たちの天降り説話がある。タカミムスヒにまといつく天神、天孫降臨は、そこからきた。

タカミムスヒを頂点とした日神、月神、イザ二尊の配置は、半島南岸―朝鮮海峡―対馬―対馬海峡―北部九州北岸にわたっている。この構造は、東アジア農耕第四段階―其北岸―ニニギの渡来―海北道―倭国という弥生時代のもっとも先駆的な歴史の展開に合致しているのである。紀（第八段本文*）でニニギは事勝国勝長狭に問うている、国（とち）（むろん水田イナ作の適地）在耶以不（があるかないか）。長狭が対えた、此焉有国（ここにこそそのとちだ）と。思えば紀は肝心のことを消してはいなかったのである。

（二〇一六・一・七）

# 古事記・同母弟考

## ——杜撰な古事記、強弁の記伝

二〇一六年三月、さいごに残っていた日本紀講読（朝日カルチャー・センター湘南、横浜教室での二つ）を読み終えて、四月から横浜教室で「歴史から神話へ」として古事記を読んでいる。久方に一字一句に立ち止って読んでいる。これまでこのように記を読むのは、旧制水戸高校の古典研究部で記をテキストに皆で討議して以来二度目のことだ。じつに七六年ぶりである。むろん長年の紀講読中、必要の都度々々、記を参照したが、通して検討することはしなかった。

紀講読の経験から言うと、記はかなり杜撰な書である。その一つの例が題に掲げた「同母弟」である。この語は倉野憲司による小見出では「天照大神と須佐之男命」の「6須佐之男命の大蛇退治」に出る（岩波文庫版、一九六三年、四四頁）。いわゆるヤマタノオロチ「神話」で、これをもとにスサノオを英雄神とする見方が、後を絶たない。スサノオは大蛇を討つに先立ち、アシナツチ・テナツチに女をくれるかと問う。恐ケレドモ御名ヲ覚ラズとの答に応じて、

㈠吾者天照大御神之伊呂勢者也（自レ伊下三字以レ音）

と言った。原文での伊呂勢に訓読文で同母弟をあてたのに異論はない。試みに、思想大系本（一九八二年）の訓み下し文では、伊呂勢は伊呂勢のままで、頭注に「伊呂は同母、勢は兄弟…ここでは弟」とある。中村啓信訳注（角川ソフィア文庫、二〇〇九年）では「いろせ」とし、脚注は思想大系本に同じている。言葉の意味ではそのとおりで、アマテラスが姉でスサノオが弟という間柄になる。だが反訳レベルの意味以上の、右文にひそむ問題を誰もが見落としている。

さかのぼって、この姉と弟の誕生を見てみよう。

(二)於レ是洗ツタ二左ノ御目ヲ一時ニ、所レ成ツタ神ノ名ハ、天照大御神、次ニ洗ツタ二右ノ御目ヲ一時ニ、所レ成ツタ神ノ名ハ、月読ノ命。次ニ洗ツタ二御鼻ヲ一時ニ、所レ成ツタ神ノ名ハ、建速須佐之男ノ命。

この後に（万葉集なみに言うと）左注として、イザナキのみそぎで生れた神は一四神だ、とある。このみそぎは、いうまでもなく、死んだ妹イザナミを訪ねていった黄泉国での穢悪(ケガレ)を祓うものだった。すなわち、アマテラス、ツクヨミ、スサノオは、イザナキ独りのみそぎで生れた。それなのにスサノオはなぜアマテラスの同母弟(いろせ)だというのか。記の諸版校注者は、同母弟の反訳的語義だけを記すにとどまって、なぜこの語の不当さを指摘しないのか。

本居宣長はさすがに気がついていた。しかしその解は、記伝がしばしばもつ奇矯な曲解でしかなかった。先の左注はこう記していた。

(三)右件八十禍津日神以下、速須佐之男命以前、十四柱神者、因レ滌二御身一、所レ生者也

右引㈡文の冒頭、於是洗左御目時の句について、記伝は「これは上件の十一柱ノ神成坐て後の事なり」と書き始める。何事でもないようだが、十四柱神を以前の十一神と以後のいわゆる「三貴子」とに、はっきりと読み分けている。そして㈡㈢まとめての伝のしまいに、宣長はこう書いた。彼の記の読み方とその可笑しさをよく示したものと言っていいだろう。「此に御目と御鼻を洗たまへることのみ見えて、御口と御耳とのことは見えぬは、如何ぞと云へば、御目は黄泉の物を見坐る穢あるべく、御鼻は、嗅坐る穢あるべし。さて彼所の物喰坐ねば、御口は固り穢れざるべし。御耳には伊邪那美ノ命の御言を聞坐、又雷の声など觸つらめど、凡て声には穢のなきなるべし。…さて其が中に、目に見たる穢は、浅くてなごりなき故に、其より成り坐る月日の大神は、善神に坐シますを、…鼻に嗅悪臭気は、深くて其ノなごり亡がたき故に、須佐之男ノ命は悪神なり」（岩波文庫版、記伝㈡七二頁）。おもしろい着眼だが、宣長さん、少々、いやかなり独断すぎるのではないか。〝見る〟のが浅く〝嗅ぐ〟のが深く穢れるなど、人間の感覚論、感性論としては認め難く、いわんやそれが善悪の区別に至るとは、カント先生の理性批判の哲学からして、ありえないことだ（ちなみに宣長さんは一七三〇～一八〇一、カント先生は一七二四～一八〇四と、まったくの同世代人である）。

宣長はさいごに㈢の末尾、所生者也をも見過さない。「〇所生者也は、上の例（所成神名）によれば、或は神ノ字の誤か、又は者の上に神ノ字を脱せるか。されど又本の随にても有りなむ」。さすがに宣長、一字一句に立ち止り考えてはいるが、惜しいかなつづけてあらぬ方へと飛躍する。「さて此十四柱ノ神（むろんいわゆる「三貴子」をもいれて——山田）も、なほ、伊邪那美ノ命を以て御母とす。其由は伝七之巻（二十五集——原）に云べし」（岩波文庫版、記伝㈡七二頁。傍点、山田）と。

さて、其由とはこうである。生みの父イザナキ大御神がスサノオになぜ哭きいさちるのかを問うたところ、

㈣僕ハ者、欲シレ罷ラント二妣ノ国根之堅州国一ニ、故ニ哭ク

と答えた。これについて宣長は次のように注解している。「さて此妣は、伊邪那美ノ命を指テ白賜ふなり。抑三柱ノ貴ノ御子神などは、伊邪那岐ノ大神の御禊にこそ成り坐つれ、伊邪那美ノ命の生坐る神等には非ぬを、妣と白シ賜ふはいかにと云に、かの御禊に成リ坐る神たちは、元を尋ぬれば、みな伊邪那美ノ命の黄泉の穢悪より起れるが故に、其時の十四柱ノ神たちも、猶伊邪那美ノ命を以て御母とするなり。〔黄泉の穢悪と、御禊の清善とは、父と母との如し。〕其中に月日神などは、御禊の清き方に依リ坐て善神、此ノ須佐之男ノ命は、悪臭のなごり消難き御鼻に成リ坐て、殊に御母の方に依れる悪神なり。故レ終に其国に帰き坐つ」（記伝、㈡—六頁）。

事は単純明快なのに、宣長さんは詭弁を弄してしかも事をゆがめてしまった。単純明快に言えば、記は㈡で日月神とスサノオとがイザナキだけのみそぎで生まれた（岩波文庫版、三三頁）、と語っていた。ところが、同じ記作者が、八俣大蛇退治の箇所では、スサノオが姉アマテラスと同母弟だと言ったと、まちがって書いた（同四四頁）。

また、神世七代は、日本書紀→古事記→古今和歌集序にまで、ずっとひきつがれている。

a 自二国常立尊一、迄二伊弉諾尊・伊弉冉尊一、是謂二神世七代一者矣（紀）
b 上件自二国之常立神一以下、伊邪那美神以前、并称二神世七代一（記）
c 然而神世七代、時質人淳、情欲無レ分、和歌未レ作（古今和歌集真字序）

神世七代について宣長が無知だったのは意外である。記の当該箇所について記伝はこう言う、「此に、伊邪那美ノ

神までを神世と云るは、後ノ五代の神代に言りし称の遺れるなり。其は人ノ代となりて後に、鵜葺草葺不合ノ命の御時までを申す如くに、五代の神代の時には、又此ノ七代を神代と申せしなり。信に此ノ七代は、天地の初発のときにして、神の状も世のさまも、又甚く異なりしぞかし。七代は那〃余と訓べし」（記伝㈠二一三頁）。宣長は神世七代を素直にうけとらない。神世七代とは国常立から伊弉諾・冉までと記はいう。それなのに宣長は、「後ノ五代の神代」――案ずるにアマテラス、アマノオシホミミ、ヒコホノニニギ、ヒコホホデミ、ウガヤフキアエズ――をもちだし、その五代を人ノ代（思うに神武以後か）になって神代と称したように、その五代の神代のときにはイザ二神までを神世七代と、五代時代の呼称を遺して言ったのだと、後代の称が上代に遺ったなどと逆算的な「他し言の葉」を述べ立てている。

以上、二つの事をみた。一つは、アマテラス・スサノオは父イザナキだけのみそぎで生れたのに、自分はアマテラスと同母弟だと言ったこと。それを宣長は強引に、黄泉のけがれ（＝イザナミ）のみそぎで生れたから、十四神は皆イザナミを母とした、と強弁した。二つは、イザ兄妹神までの神代七代は、紀、記、古今と引き継がれているのに、宣長は、アマテラス以下ウガヤフキアエズまでの神代五代のときの称が、イザ兄妹以前の七代に遺ったと強弁した。この種の曲解からくる強弁が記伝には多い。

（二〇一七・三・一七）

# 山島ヤポネシア

中国の「正史」二八のうち倭もしくは倭人の伝をのせたのは一八で、その中の最古がいわゆる魏志倭人伝である。しかし伝の形はとらなかったが、二八史中、最初に倭人にふれたのは漢書地理志である。きわめて簡単で、楽浪（郡）海中、倭人有リ。朝鮮半島の北部、今のピョンヤン辺が漢の楽浪郡である。この郡の海というから、方角としては、直接には、西（黄海）、間接には南（朝鮮・対馬海峡）だが、方角も距離もなにもない。楽浪海中まるで人魚の如き有り様かとうたがわせる。正確になった（その理由は楽浪郡の南に接して新置の帯方郡から正使が日本列島に来たからだが）のは魏志倭人伝（著者の陳寿は二三二〜二九七）で、周知のように、倭人ハ帯方ノ東南大海ノ中ニアリ、山島ニ依リテ国邑ヲナス、と方角も明示されたし、場所も海中の山島と説き明かされた。隋書（著者の魏徴は五八〇〜六四三）になって、この山島に阿蘇山ガ有ルと書かれ、魏志以来の山島が九州島だったと明らかになる。

そんな由来の山島だが、ではなぜ山島なのか。山島と表現したのは三世紀に成った魏志だったが、島嶼生成史として山島と成ったのを知るには、一四〇万年以前にさかのぼらなくてはならないらしい。

今年、二〇一七年七月二三日と三〇日の二回、ＮＨＫスペシャルは「ジオ日本列島」と題して、われらがヤポネシア（日本列島嶼）生成史を放送し、私は二度とも、メモすら取らず、久方にテレビの前に釘づけになった。

北海道島から九州島までが、そもそもはシベリア東辺からちぎれて南下したとは、知っていた。また本州島がいわゆるフォッサ・マグナ（大地溝帯）の辺りで千切れていたのも、知っていたが、なぜくっついたのかは、定かではなかった。ウェゲナーの大陸移動説は、旧制中学の地理の授業で習った。だから一つの大きな大陸が分れて複数の小さな（?）大陸となり、さらにずっと離れて、今のヨーロッパ、アフリカ、南北アメリカになったと知って、地球の表面は固定しているのではなく動いているのだ、と子供心をはずませた。だが、ユーラシア大陸の東端（つまりはシベリア）で、大陸から海沿いの狭い一部が千切れたというのは、珍しい出来事だったのだと、七五年余たってこんどは老人の心がはずんだ。日本列島の形成と日本海の形成とは一体のもの、と合点した。千切れたのが二つに分れ、間に日本海ができていった。千切れた日本列島の元がシベリアから離れて遠く隔たっていくにつれ、二つの間西のは時計廻りに、東のが反時計廻りに動いたとは、二次大戦後の研究成果を遠くから余所見して知っていた。だが、分れた二つがどうしてまた結合したのか。そこにもプレート理論が作用したのを、番組・ジオ日本列島は教えてくれた。

日本列島および日本海の西半分をのせたプレートはフィリピン・プレートだ。そのころこのプレートは北に進んで大陸プレートの下にもぐりこんでいた。日本列島の西半分は、いまの面積よりも小さいが、東半分に較べるとまあまあ現状に近づいていた。東半分は、TV画面でみると、サハリン（樺太）島から北海道、現東北山脈以東の東北へとつながる細帯状の陸地でしかなかった。東半分と西半分の間は、北西から南東にかけて空いており、浅い海になっていた。北西から南東への空きの方角と、進路北のフィリピン・プレートの方角とは、やや方角違いである。

これに対し太平洋プレートは東半分の外を進路西へと動いており（ついでだが伊豆諸島の八丈島は今も年8㎝、北西へ移動しているというから百万年で80㎞だ）、これが西半分の外を進路北へ動いていたフィリピン・プレートを圧迫し、その進路を北西に変更させた。この変更された方角と、先ほどの東半分と西半分との間の空きの方角とは、同じになった。まさしく造化の妙というべき事態が生じた。東と西とに離れていた空間で、方向を北西に変えて進むフィリピン・プレートに押されて、列島をのせた大陸プレートの南端が隆起し、先の浅瀬は低陸地に変り、ここに本州島の東・西は結合した。（番組を見ていての老脳での印象である。）

ずっとずっとずずっと後の中国史書、旧唐書は、列島上に西から倭国、日本国、毛人国が存在した旨を記している。そのうち日本国と毛人国との国境について、こう述べている。

其ノ〔日本〕国ノ界ハ東西・南北ガ各数千里デ、西界・南界ハ咸（みな）至リ二大海一ニ、東界、北界ニハ有ツテ二大山一ガ為ツテイルレ限〔国境〕ト。
山外ハ即チ毛人之国ダ。

右に大山と表現されたのは、いまの中部地方、北・中央・南の三アルプスに、富士山。列島中、ここだけ海抜三〇〇〇mをこえる山がある。先の「山島」、ここの「大山」、簡にして要、二字で列島地理志を表現しえたかのようである。ずっとずっとずずっと昔にもどる。このとき「大山」などは影も形もない低陸地でしかない。東半分は南北に細長い帯状の地形だった。この東半分は太平洋プレートにおされつづけ、この圧迫で、帯状地形の西側に現在の奥羽山脈が隆起した。それでも圧迫はとどまらない。十万年単位が百万年単位に変り、とどのつまり東半分全体がくりかえし大隆起をおこし、火山の爆発がからんで、西半分とのつなぎ目が低陸地から「大山」にかわった。

魏の帯方郡使が、列島西端の九州島北半（阿蘇山以北）の倭国を実際に探訪し、中部山地の三千メートルの三分の一ほどの高さしかない背振山地を見て、「山島」と認識したのは、高さよりも山地と平地との広さの対比（平地の狭さ）によるものと思われる。隋書で確認された阿蘇山にしてから、「大山」の二分の一ほどの高さにとどまっている。しかしながら、魏使が倭の地を一言に表現した「山島」とは、ヤポネシア生成史に起因する含意深いものだったのである。

（二〇一七・八・一）

# 坊主組始末記とチロル

私の紀伝（日本書紀史注）の総論は「研究ひとつ」だが、その外延をなす「史注」全三〇巻は、いまのところ四巻（一巻一九九七年二月〜四巻　九九年二月）で刊行が足踏みしている。いろいろ理由があるが、一番大きいのは、刊行しても採算がとれないことだ。

しかし四巻まで刊行したとき、「研究ひとつ」あとがきに書いたように、熱海の山木旅館で、鶴見俊輔さんを報告者に、安田（武）夫人のつたゑさん、私の三人でぜいたくな読書会がひらかれた。これが鶴見、安田、山田の三人でつづけた坊主の会の延長であることも、「ひとつ」あとがきに書いておいた。

九十歳をこえたからそろっと身辺整理に乗りだし、雑然とほうっておいた数多いかたまり（おおむね何かの袋や箱に入っている）を、少しずつほぐしている。そのいくつ目かのかたまりの中から、俊輔さんの手紙が出てきた。

先日はゆっくりした時間をすごすことができて、ありがたかった。記念に文章を書いたのでおくります。

鶴見俊輔

六月一三日

山田宗睦様

俊輔さんは少年初期に「ぐれ」てアメリカに遣られたから、日本文字を書くのが下手だ。はじめはなにを書いたのか判読に苦労したが、本人も自覚していて、一生懸命「手習い」した甲斐があったて、ようやく読めるぐらいにはなった。それでも右のゆっくりした「時間」の字は妙ちきりんだ。

集ったのは、一九九九年の四月二〇日だったが、労をとってくれた安田つたゑさんの手紙も何通か出てきた。


さすがに立春過ぎ、うららかな春の日差しがうれしい。

山木行き、なかなかうまくゆきませんが、別紙のようにしました。俊輔さんにお送りしたファクシミリの写し山田さんにも念のためお送りします。今度はどうぞ支障が起こりませんようにと願います。

チロルの旅、とても楽しみです。カルチャースクールの仲間で海外旅行を計画できるなんて、よほどうまくいっているのでしょうね。私も立教を辞めてから、学習院の源氏物語の講座(生涯教育のプログラムにある)を聞きにいっていますが、人数も百五十ぐらいで多いこともありますけれど、とてもとてもそこまでまとめるのはむずかしそうです。

旅のスケジュール待っています。では、四月、たぶん若葉の季節ですね。

二月七日　朝　　安田つたゑ

山田宗睦様

無事お着きになりましたでしょうか。
山木行きの件、
山田さんが四月の十二日の週が忙しいとのことで調整の結果次のようになりました。

四月二十日（火曜日）一泊

二十一日（水曜日）解散

山木の方は連絡済です。

本〔山田、日本書紀史注巻第一～四〕はもう出来あがっているとのこと、近日中にお手元に届くと思います。

以上、取り急ぎご連絡まで。

二月七日　朝

つたゑ

鶴見俊輔様

四月、さくらの便りは届いても肌寒い日が続きます。

いかがお過ごしでいらっしゃいますか。ようやく山木行きの日程が近づいてきました。これは確認のお手紙です。

二十日当日、三時ごろ、山木にてお待ちしております。

チロル楽しみですが、ヨーロッパはどうなっていくのでしょう。私たちの旅行はともかくとして、本当に暗雲たれこめるという現状は心重いものがあります。

この前お話した「暮らしの手帳社」の津田正夫『チロル案内』手に入れました。スケジュールにある街や村、山々について地図を頼りに少しばかり知識を仕入れています。暮らしの手帳はすごい出版社ですね。昭和四十二年版のこの本、千百円でした。今時、奇特な出版社ですよね。感激しました。では、山木で、それまでお元気で

安田つたゑ

四月三日

山田宗睦さま

今日は、昨日までの猛暑から一転、肌寒さを感じます。窓の外は小雨、CSのピアノの音が部屋を充たしています。

俊輔さんから中部新聞の記事が送られてきましたので、コピーでお送りします。

私も、あの日、坊主三人組の最後に立ち会っているような気持ちでお話を伺っていたことを思い出しました。

六・一五の集会で俊輔さんにお目にかかりました、相当疲れているようにお見受けしました。六時に池袋で集会、九時過ぎに南通用門で献花をして、その後、新宿で夜食をとって、お茶の水の山の上ホテルというコースは厳しいものがありますが、彼はまだ弱音を吐かず頑張っているのは凄いです。

先日川崎〔力男〕さんにＨＩＳでお目にかかり、資料受け取り、打ち合わせを済ませました。保険は皆さんと同じようにして旅行費の振り込みも済ませました。あとは、当日のお天気を祈るばかりです。旅先ではどうぞよろしくお願いします。

六月十八日　　つたゑ

宗睦様

さて、期せずして俊輔、つたゑさんご両人から送られてきた「坊主組始末記」はつぎのようである。

一日の何時間もテレビを見てすごす月日がつづいた。この習慣をたつことができたのは、坊主組の合宿で山田宗睦と久しぶりに会ってからである。

毎年八月十五日に、戦争の思い出をひきよせるために、かわりかわりに坊主頭になってあつまることが、戦争とおなじく十五年つづき、そのあとはただあつまることを、仲間がかけるまでつづけた。

安田武と山田宗睦と私である。丸坊主、はだか、ふんどしで、徴兵官の前に立つのが、兵隊検査の身なりであり、それは、満州事変から敗戦までの十五年間、日本国（当時は大日本帝国）が成人男子に課した儀礼である。その姿にもどるのが、戦後風俗の中で自分を見さだめるひとつの方法だと思った。

共同の習慣をやめてから、八月十五日に夕食まで食べないことだけを、私はひとりでまもっている。

今年は久しぶりに、八月十五日ではなく、山田宗睦と私と安田夫人とがあつまって、山田の労作『日本書紀史注』についてはなしあった。

大冊四巻がすでに出ており、三十巻まで出しておわるという。

「七十代のうちに出しおわらなくてはならない」と、山田は言う。私は粛然とした。

自分の仕事は終わったとして、ぼんやりと死を待ってテレビを見ているわけにはゆかない、と感じた。私は山田よりも二歳年長であり、七十代が仕事のできる上限とすれば、あと四年しかない。

山田には、『日本書紀史注』完成のときには私はいないであろうと言い、今日が彼の仕事に感想をのべる最後の機会になると言った。彼は、安田夫人とともに、駅まで見送ってくれた。

家にもどってから、自然に、テレビを見ることがなくなった。酒をまったく飲まない私にとっては、一生分のんだという感じかもしれない。

しなければならない仕事をかぞえて、実は、これまでも、そんなにテレビを見てばかりもいられなかったのだ。できないことをしようとはしたくない。郵便局に行って小さな手つづきをするごとに、自分の当日のもうろく度を知ることができる。それを参考として、できるわずかなことを、自分のえらぶ方向に、少しずつ、進めてゆく。

方法は、戦中以来、いやこれは不良少年だったころからかわることはない。時にガイドライン法案はできた。

これと向き合うことはできる。私は、戦中のおきざりにされた気分そのままである。あたらしい人にうまれかわることなく、あと一歩すすむことができるか。号令は誰にもしたくないし、誰からも受けたくない。

この文、俊輔さんから私への新聞切抜には京都新聞（一九九九年五月二八日）と彼の文字で記入してあるが、つたゑさんへのコピーに彼は中部新聞と記している。もうろく度1ぐらいかな。返事を書いた。まえの本とは「ワイセツ考」のことである。

二十年まえの本です。送らなかったと思います。三章の鉄槌伝の注釈が、書紀の注釈のもとになりました。先日は、重い史注四冊をお持ちいただきました。忘れがたいことです。
だけど、杖をつくのはまだ早いが、手提げ鞄はやめて、リュックにかえてください。両手を自由にしておくのが大切です。重い本をいれた鞄を持つのは、駅の階段などで手が縛られたのに似て、危ない。
七夕にたって、つたゑさんも入って、十日程チロルへ行って来ます。六月一九日。

山田宗睦

鶴見俊輔様

チロルには五、六度行った。つたゑさんと行ったのは、その最初と二度目とである。初回は一九九九年七月七日から一七日まで。オーストリアは、エッツタールの渓谷から入り、ロープウェイで、ガイスラッハコーゲル（三〇六八m）まで上った。ついでスイスのスクォールを宿泊地として、スイス東端のエンガディン渓谷へ行った（ここの自然の花畑は素晴しく美しく、この後にもスクォールのドイツ式ホテル――ホテル利用のカードが残っている――に二度泊って、歩き廻った）。それから東へ廻って、南チロルを代表するドロミテ渓谷、峠をこえてミズーリ湖畔に出、三姉妹山（トレ・チメ・ディ・ラヴァレード）をめぐった。コルティナ・ダンペッツォに滞在してのことだが、ロープウェイでファローリア（二一二三m）にも上った。ふたたびオーストリアへ入って、ハイリゲン・ブルート村で、チロル最高峰グロスグロックナー（三七九八m）も眺めた。チロル入門として、ツアー・ディレクターの川崎力男は、巧みに誘導してくれたなあ、と後のちチロルを知るにつれて思った。

二〇〇一年一〇月一〇日から二〇日にかけての二度目のチロル行きは、川崎さんに注文して、イタリアのフネス村からブレンナー峠ごえにドイツに入り、〃バイエルン・アルプスの宝石〃と喧伝されるアイブ湖（ゼー）湖畔に宿り、ドイツ最高峰（とこれも観光向け喧伝）ツークシュピッツェ（二九六二m）に上り、さらに東、ワッツマン連山（グルッペ）の切り立った岸壁にかこまれたケーニッヒ湖（ゼー）の黄葉を見ることにした。この旅は、ずっと後に南仏でラベンダーを追っかけた旅とならび、二十度ほどのヨーロッパ行の中で、とくに印象ぶかく記憶されている。

フネスの村と渓谷は、ゲイスラー連山（グルッペ）を背景に、折からの黄葉に染まって、心肝（こころ）に焼きつく景観を用意していた。村の教会もさることながら、牧草地の只中に一つぽつっと佇む小さなサン・ヨハン教会の有り様に、私の心が吸い寄せられてしまった（c3〜6）。ヘーゲル式に言えば――ここ（ヒーア・）がチロルだ、ここ（ヒーア・）で踊れ（タンツェ）。

さて二度目のチロル行から帰国して間もなく、俊輔さんが詩集「もうろくの春」を出すと言って寄こした。それを口実にもうろくの集まりをしようと、つたゑさんにまた仲介の労をたのんだ。

拝復。

俊輔さんの『もうろくの春』を口実に来春三人で集まろうとの提案、さっそく俊輔さんにお取り次ぎいたしました。私は、四月の中頃なら京都でもよし、ひさしぶりに熱海の「山木」もよろしいかと思います。「桜のはらはら散る宿」というのがちょっと難しいけれど。俊輔さんからのお返事があり次第またご連絡いたします。

話は変わりますが、ちょうど、昨日、フネスのホテル　チロルから、クリスマスカードが届きました。あの旅行のあとで、可愛いおじょうちゃんの写真を送ってあげたお礼かも知れません。フネスのセントマッダレーナの谷の冬景色、懐かしいでしょう、コピーしてお送りします。

とりあえず、ご連絡まで。お寒くなります。お大事に。

十二月十七日

安田つたゑ

山田宗睦様

山田宗睦様　先日、俊輔さんへのお見舞いの手紙に、伝紀貫之筆の名家集切の中の藤原兼輔集の「老」のお歌

ともだちにあひくるとしをかぞふればわれはおきなになりぞしにける

ゆきのあしたおいをなげきてつらゆきのもとよりおこせてはべるうたのかへし

あさゆふにみにはそへどもあらたまのとしつもりゆくわれぞわびしき

いのちあらば　、　、　とおもふまにみのゆくするをたれかしるらん

をかきそえましたら、さっそくお返事があり、四月十六日（日）盛京亭ではどうかと言うご提案がありました。

ご都合はいかがですか。

もしお出掛けくださる様なら下河原に昔祇園に出ていた人がやっているこじんまりとした宿があります。七人で一杯のところですがきいてみようと思います。

そこなら、少し早めに宿に集まって盛京亭に行ってもよし、五時ごろ盛京亭に集まって食事の後、宿で一休みもよし、好都合かと思います。

とにもかくにも、十六日でよろしいかどうかが第一条件です。あとの段取りはまた考えることとして、今日はこれから学習院ですので、明朝九時ごろお電話させていただきます。

二月二十八日　　　　　安田つたゑ

久しぶりにおだやかな暖かな日に恵まれました。大好きなゴールズワージーが「フォーサイト家」で描いたような小春日和だなって思って気持ちよい一日を過ごしました。

さて、四月十六日のご案内をさしあげます。

お昼の集合場所を下河原の宿でと思っていたのですが、連絡がうまく取れないので、一番わがままのきく「川瀬」というお茶屋さんの二階を使わせて貰うことにしました。二時ごろまでに、「川瀬」までお越しください。（地図同封します）お茶とお菓子で歓待します。

「盛京亭」の電話番号が手元にありませんが、川瀬に連絡してくだされば、すべてわかります。川瀬までは、京都八条口からタクシーで千円前後です。弥栄中学の裏といってくだされればたいがい連れて来てくれると思います。

あと一息で春です。その日までお元気で。

三月一日　　　　　つたゑ

宗睦さま
こうしてもうろく組の集まりが実現した。つたゑさんは安田武などよりよほど頼りになるなあ。名家集切の老の歌などどこにくらしいほど。

事はしばしばそうだが、坊主組始末記と関連の俊輔、つたゑ両人の便りが出てきたのと、そうへだたらぬ頃合に、他のかたまりから坊主になったときの写真が出てきた。一組は俊輔さんが坊主当番のときで、日本読書新聞の巌浩さんが撮ったもの。もう一つは、坊主当番が私のときの写真で、サンデー毎日の吉田範明さんが撮ってくれたものだ。もっとあったように思うが、あるいは別のかたまりから出てくるかもしれない。まず巌さんの撮ったものから。これは四回目で、つまり三人一巡し終って二巡目の冒頭である。八月十五日なので鶴見、山田が半袖シャツ、いつも白いYシャツの安田は袖を折り揚げている。当時、思想の科学社のあった銀座七丁目ビルの屋上で、三人ご機嫌の歓談風景。

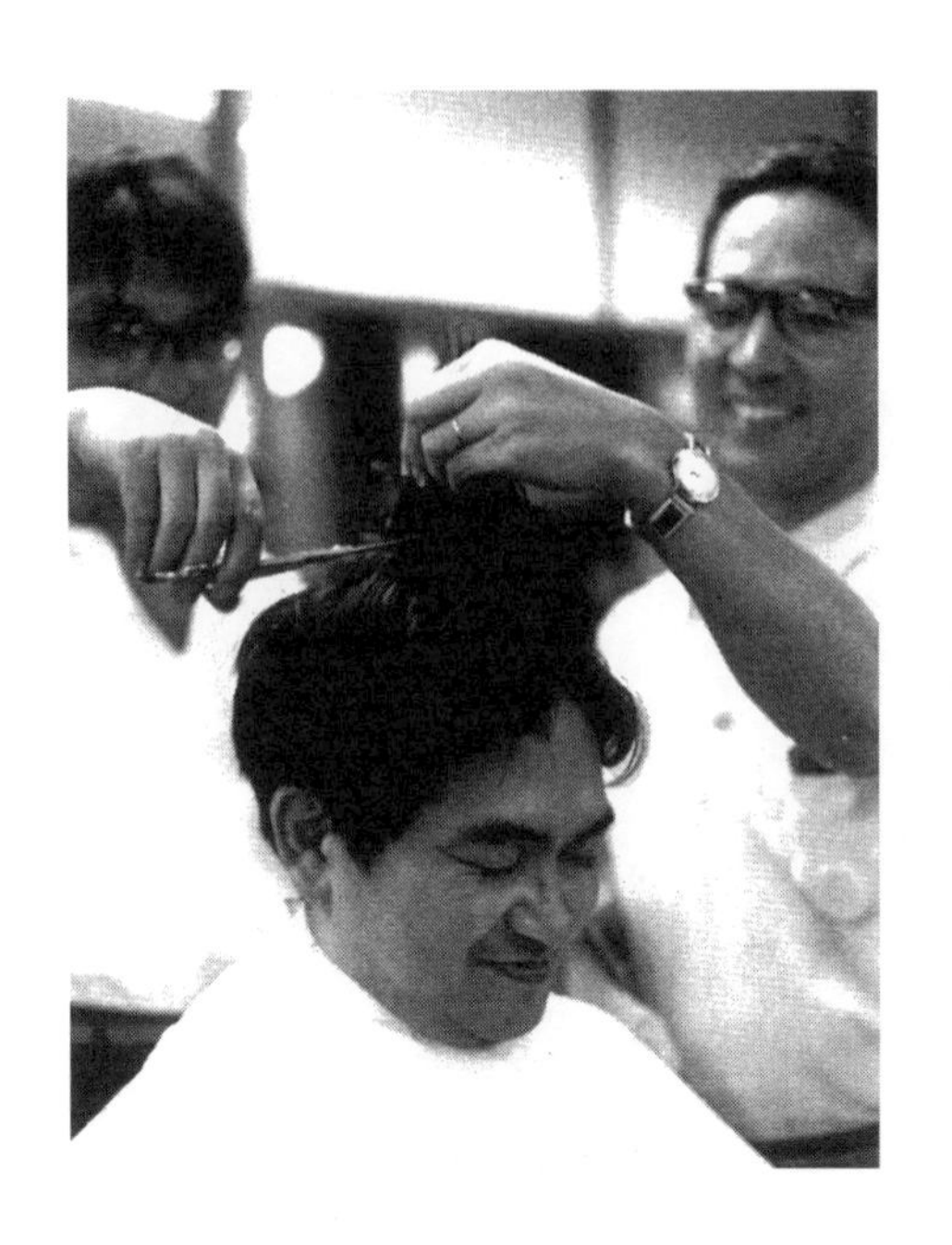

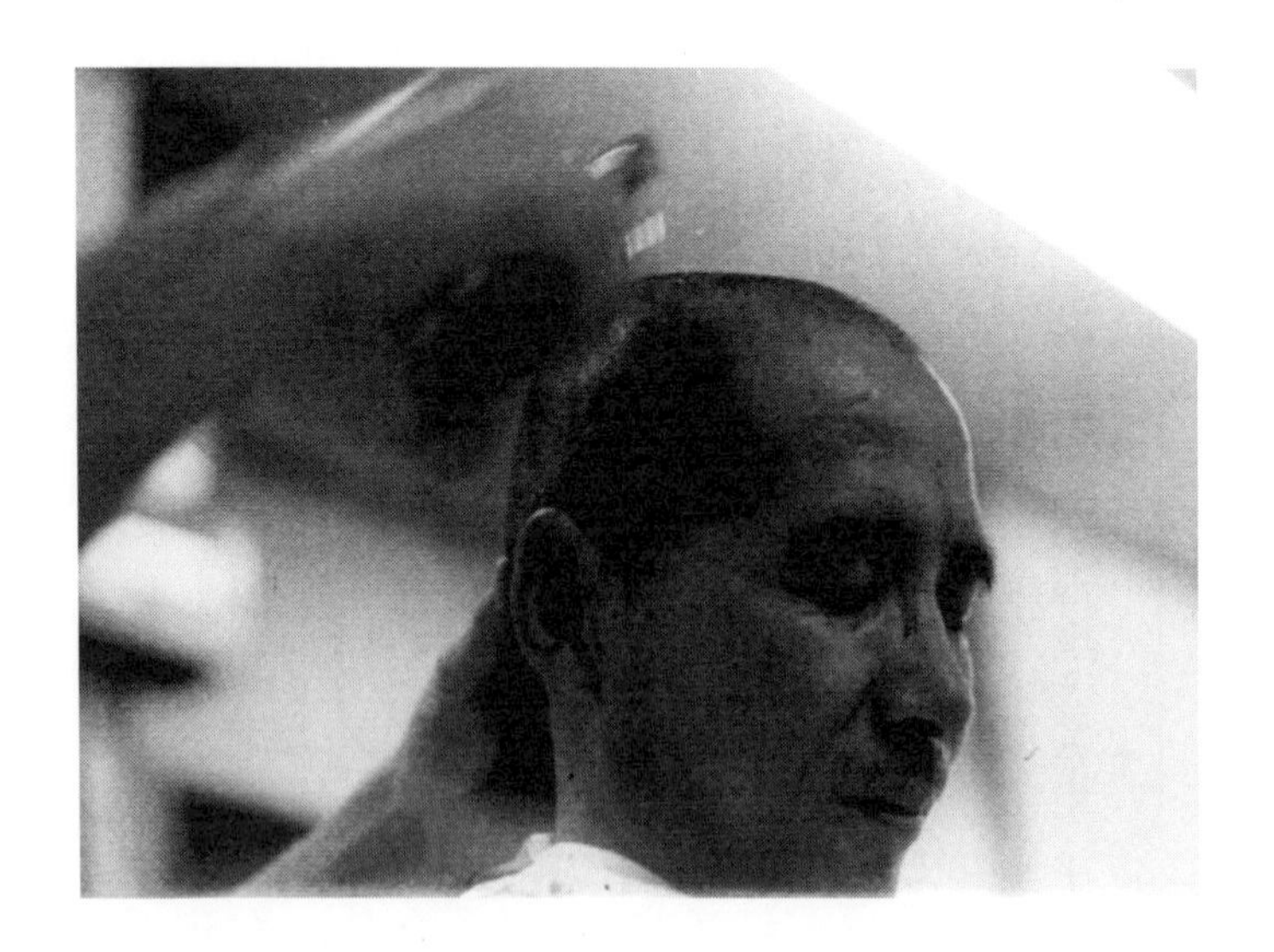

俊輔さんの手付がなんとも妙適（妙ちきの原語）。同屋上でまだ有髪の俊輔さんを一枚。この頃のポートレートは珍しいので入れておくことにした。ついで一厘刈りの前に、写真に撮るというので、右のわたしが俊輔さんの髪をもちあげ、左の安田さんが床屋の鋏を借りてバッサリ切るパフォーマンス。それで、吉岡さんが撮ってくれた私の一厘刈りの表情よりも、巌さんの撮った俊輔さんの表情の方がなにがなし笑みをふくんでいる。私のはまさに徴兵の時の表情そのものだ。

# トスカーナの旅の歌　6首

千葉、新宿、横浜、湘南での日本書紀教室の有志と、イタリアは念願のトスカーナに旅をした。名にし負う食のトスカーナで、丘の上に一軒だけのロルモ・ホテルのシェフに、いつものツアー・ディレクター川崎力男が、ベーコン・エッグの作り方を教える番外の出来事もあり、忘れえぬトスカーナの旅となった。

もともと旅が好きだった。長い長い人生で変らなかったのが、趣味はと聞かれ一貫して旅と答えたこと（青年のときは読書としていた）。旅とは、見知らぬ土地（テラ・インコグニタ）を訪ね、根（もと）ノ国（くに）では思いも寄らぬ未知とであうこと、その偶然と遭遇する楽しみの深みにはまること、である。だが、旅もまた経験である。だから旅を経た度合が、より深みにはまる成り行き（プロセス）をつくりだす。たんなる偶然が既視的（デジャビュ）な偶然に深まる。偶然を通じて有限な人間は無限をかいま見るのだが、そのおもむき、おもしろさがまた、旅の醍醐味なのだ。

私がもっとも多く訪ねた外国の都市は、イタリアのフィレンツェで（雑文㈡　フィレンツェ）、同市が今でもトスカーナ州の州都であるように、フィレンツェとトスカーナとは、歴史的にも深い関係にある。それなのにトスカーナへは、サンジミニヤーノ、ピサ、シェナ、ピエンツァといった中小の都市は別として、なかなか足を伸ばさずにきた。都市でないトスカーナへ行きたい。えらんだのが、ピエンツァの南、オルチャの谷である。

ピエンツァのカステッロ通りから、オルチャの谷への入口を見やったことがあった。谷とはいうが、私たちの谷の観念とはおよそ異なる。全体として南西へゆるやかに傾斜した丘陵地だが（いや広大な丘陵地帯の中心をオルチャ川fiume Orciaが流れているのだが、それははるか西南だ）、急流の川や切り立つ崖などはない。緑の丘がずっとつらなり、散在する道や孤立する建物をつらなる糸杉がかざる田園風景である。村どころか集落ほどのものもなく、小さな丘の上にぽつっぽつっと建物がある。あのオルチャの谷に泊れないか。私の想いを実現してくれるツァーディレクター川崎力男さんが、一つの小丘の上にあるロルモ・ホテルをみつけてくれた。だからオルチャの谷といっても、その谷の入口のほんの一部にすぎないのだが、それで十分にオルチャの谷を堪能できたと思う。朝日カルチャー・センターで長くつゞく聴講生をさそい、トスカーナ・オルチャの谷に一週間ほど泊り、ときにモンタルチーノ、カステイリオーネ・ドルチャ村などを訪ね、鼻先のピエンツァには、ときどき食事、お茶飲みに出かける。以外はもっぱら足で、揃って、あるいは三々五々、まれに一人で、足の向くまま、気の向くままにオルチャの谷のそれも入口の田園風景の中を散策した。

私たちは水田イナ作中心の農耕社会で、日本人なる種族を形づくってきた。ヨーロッパ諸種族の牧畜農耕型の田園風景には、ものめずらしい好奇心がはたらく。丘から丘をこえてひろがる牧草栽培は、じつに三百年にわたる土壌改良の努力が齎したものなのだが、私たちにしてみれば小丘ででこぼこした一面の野でしかない。野に咲く花々の雑草はむろん牧草で、それなりの計画でときに給水をし、施肥、収穫、やがて刈られて大きなロールになる。そんな一面のでこぼこした野の中を、赤い給水車や苅取車が動き、糸杉の道にがらがらと出てくる。追いかけるように歩をのばすと、丘をこえたそのまた向うの丘に入りこんでいく。なんともおもしろい野だ。それが雨の日、霧の朝、自然はなんという選択で残すものと消すものを決めるのか。また残すにしてもその濃淡をどうやってつけるのか。界隈で一きわ大きい丘の上に何かが建つか植っているが、霧はその人工物を消す。すると東西に裾をひいた——私の勝手な命名で——ロルモ小富士がまことに美しくきわだつ。歩くごとにオルチャの谷が千変万化、感動するほどの姿をあらわす（c 7〜10）。人間はやはりヒューマン・ネーチュアだったと、心に満ちてくる滞在であった。

フィレンツェはトスカーナ北辺を彩どる都市

ヨーロッパ初めに来たのがフィレンツェで老いて来たのがトスカーナ

なだらかな丘の斜面の緑濃き牧草地行く赤い苅取機

がらがらと轍(わだち)の音ものどかにてあとを追いかけ丘一つ越す

眺むれば遠目の丘に樹々並び美瑛(びえい)の岡と通う景色ぞ

丘の曲線女(せんおみな)のそれより美しくわれ恋濡れて草の間に寝(い)ぬ

一週間はまたたくまに過ぎた。去りがての別れがきて、ホテルの寄せ書帖にまず私が、駄句ひとつを記し全員が署名した。

風波(かざなみ)の起き伏す極みトスカーナ

（二〇〇四・四・二六、二〇一八・四・二六補）

# 桜・歌寄せ

吉野の桜はなかなか盛りを見せてはくれなかった。幾度か訪れてはうらぎられてばかりいた。よって吉野・井上邸の寄せ書き帖に

世には経(ふ)り来(き)し葉桜の吉野かな

中の千本が満開で、下の千本の散る花片が、谷を吹き上げる風に乗って、中の千本に舞うのを見ぬうちは、吉野の花を見たとは言えないと、大阪はみなみの大和屋で五味康祐に教えられた。いく度かその日に合えるべくつとめ、苦労した。その甲斐があり、その日が来た。

千本の下(しも)から中へ吹き上ぐる花吹雪をば身に纏いおり

そのかみに桜狂いし日々ありていまぞ吉野に花吹雪見る

いつのいずこか

つややかにいまを盛りの桜花かの地でともに愛でしひと亡し

いざさらば宿にしのばむ桜花時鎮(しず)まれば心もしのに

いつもながら北辺の桜旅

弘前の城の中なる一本(ひともと)の桜樹(おうじゅ)よ今年も幹たたくなり

城中(しろなか)ゆ桜の花ごし岩木山見ゆるところを捜しもとめき

弘前、松前、五稜郭

いず方の城の堀面(ほりも)も桜花ちりてなお画(か)く模様おもしろ

旧居・函館

わが住みし家すでになき道の果てひらける視界に花の五稜郭

五稜郭タワーの上より見おろせばピンクに埋まる星形の城

五稜郭の中心の広場で昭和一〇年代の柏野小学校は運動会をした

その昔校庭がわりに駈け抜きし広場に匂う紅枝垂（べにしだれ）かな

函館はわれにとりては少年の街憂さも歎きも恥も無かりき

所心の歌

桜花匂うをもとめ国中（くんなか）を歴（つ）ぎてし見れどはやわれは老ゆ

## また別の年の秋、北を旅した　八首

仲秋の月のあかりをものうげに十和田の湖（うみ）はかそけき波寄す

重たげに身をおこすやに浮かびくる秋の十和田に逢いせし女（おみな）よ

ア・サ・ア・セと言いがてにせし女（ひと）ありて浅瀬石（あさせし）川の瀬音果なし

八甲田黄ばみ初（そ）めたる山麓に風雨（かざあめ）はげし吾を打つかに

三内丸山遺跡

去りがての北の遺跡にい寐(ね)ふせばわずかに匂う草の枯穂や

砂沢遺跡

岩木より山裾ひきし砂沢に弥生の水田開き初めにき

砂沢の池のおもての水草に添い寝するごと鴨の群居る

秋の陽に姿あらわす砂沢の弥生乙女は恋いにけらしも

来簡などをいれたジュンク堂の袋の中に、ＪＴＢの切符入れの小封筒があり、その表裏に記した腰折だが、年月は記していない。

（二〇一六・一一・一二記）

# 大沼・駒ヶ岳の歌（c11、12）

旧作　六首

少年の日に遠出して焼きついた大沼の景いま目の前に

大沼の岸辺に半時胡座（あぐら）居し天下の景と駒ヶ岳見る

駒ヶ岳左にするどく剣ヶ峰右になだめて馬の背となる

大沼は小（ち）さき岬や小さき入江いりくむ中に桜花（おうか）匂いぬ

わが友の家居在りしはあの辺り一本（ひともと）咲けるは山桜やも

一時（いっとき）、女子師範学校（現、教育大学）の教師なりせば

教え子の乙女らを連れ大沼に新緑愛でしよりはや半世紀

追作　六首

少女らの呼びかう声に思い出す時の絵巻ようるわしかりき

さにはあれ時の絵巻のその時は紅葉(こうよう)の散る晩秋ぞよき

大沼の湖水に映る紅葉の燃ゆる如きを幾度訪ねし

わが旧制函館中学校校歌の詞は土井晩翠の作なり

駒ヶ岳千仞(せんじん)の山も微を積みて至ると校歌いみじくも言う

わが紀伝一字一字の微を積みて至れる高みの有りしや無しや

後漢書、荀彧(じゅんいく)伝に、方(あた)リ二時運之屯邅(ちゅうてん)一ニ、非ザレバ二雄才一ニ、無シ三以テ済(すく)ウコト二其ノ溺(でき)一ヲ、とあり。屯邅すなわち不仕合せ。溺は苦境に陥る。

人生の時の絵巻を繰りゆけば紅葉(もみぢ)しがての時の運あり

記憶の限りでは、校歌は二番目に、

宇賀(うが)の浦[1]　万頃(ばんけい)[2]の水　（1函館市街東側の海の名。　2頃は広さの単位。万頃できわめて広い。）

駒ヶ岳　千仭（せんじん）[3]の山　（3仭は長さの単位。千仭できわめて高い。）
微を積みて高きに至り
雫（しずく）より空をも浸（ひた）す

さすがに土井晩翠、後代の校歌の類（たぐい）には無い、まことに堂々とした格調の高い詩句であった。

（二〇一六・一一・一七、大森誠さんよりTel、わが紀伝、12月12日ごろ仕上る由）

# 三月上巳

巻第十五、顕宗元年三月上巳の条は、たったの六文字——幸二後苑一、曲水宴、である。大系本頭注（文庫版㈢—一二三頁、注七）がいうとおり、曲水宴の初見であるが、紀中、本紀元、二、三年条に一度ずつ出て、それ以外にはない稀行事である。

この風流の行事は、東晋の王義之が会稽山の蘭亭ではじめたという。文選に、南北朝の詩人、顔延之の三月三日曲水詩序があり、その注に、三月上巳之日ニ、於テ二溱洧雨水之上一ニ、執リレ蘭ヲ招キレ魂ヲ、祓二除ス不祥一ヲ、上巳ハ即チ三日也、とある。溱、洧、雨水ともにいまの河南省の河川の名である。その曲水宴が顕宗（実在せず）期に行われたかは、大系本注のいうとおり「不明」（というよりフィクション）で、次にあらわれるのは「続紀、文武五年三月丙子条」以後である。

だが、顕宗元年三月上巳条と、文武五年三月丙子条とのあいだに、もう一つ天武七年是春条がある。将テレ祠ロウト二天神地祇ヲ一、而天下ヲ悉ク祓禊（はら）ツタ之、竪テタ二斎宮ヲ於倉梯ノ河上一ニ。「日本書紀の研究ひとつ」十二つ章でのべたように、天武一代の天下の政は、一言でいうなら蕩滌の政であった。右の条文にも祓禊の語がみえる。また斎宮の語もある。ふつうに斎宮といえば平安以後の伊勢神宮の斎宮をさす。その斎宮なら紀では巻第九・神功紀に初出する。紀中の斎宮の語が出る記事を枚挙してみよう。

1 （神功摂政前紀・仲哀九年二月）命ジテ二群臣及百寮一ニ、以解キレ罪ヲ改メレ過ヲ、更ニ造ツタ二斎宮ヲ於小山田邑一ニ。

2 （同・同年三月）皇后ハ選ビ二吉日一ヲ、入リ二斎宮一ニ、親カラ為ツタ二神主一ト。

3 （天武二年四月一四日）欲シレ遣ワシ二侍サセント大来皇女ヲ于天照太神宮一ニ、而令タレ居ラ二泊瀬斎宮一ニ、是ハ先ズ潔メレ身ヲ、稍近ヅクレ神ニ之所也。

4 （天武三年一〇月五日）大来皇女ガ、自リ二泊瀬ノ斎宮一、向ツタ二伊勢神宮一ニ。

5 （同七年是春）先引

6 （同年四月一日）欲シレ幸(ゆ)カント二斎宮一ニ卜ツタ之。

以上がすべてである。斎宮は神功紀に二度、天武期に四度の稀語である。所在でいえば、神功紀の1、2は小山田邑（所在不詳）、天武紀の3、4は大和の泊瀬（現、長谷）、5、6が倉梯河の上(ほとり)で、すべて伊勢の斎宮ではない。加えて注意ぶかく見れば、二つのことに気づく。一つは、2で解罪改過と並んで斎宮があり、いちばん平安の伊勢斎宮に近い（事実、古代史家たちは、3・4の記事から実在した斎宮の初見を大来皇女とするが賛成できない）。大来皇女も、近レ神の前に潔身している。5では祓禊。二つに、2の小山田邑の所在は分らぬが、3、4の泊瀬は言うまでもなく大和川の源流である泊瀬川だし、5は倉梯川〔河〕と、紀の斎宮は川とのかかわりが深い。つまり川での潔身、祓禊とかかわるのが紀の斎宮である。

祓禊(ふっけい)は、漢代には三月上巳、魏晋から三月三日と固定して行われた、みそぎ行事である。漢代の祓禊で有名なのは、武帝の覇上のそれである。長安の東南に藍田県があり、その東から覇水が流れだし、長安の東で滻水と合流する辺が覇上で、武帝は三月上巳になると覇上に幸(ゆ)き、覇水で祓禊(ふっけい)したのである。この行事は周代から行われたようで、周礼、春宮、女巫は、掌二ル歳時ノ祓除釁浴（ふつじょきん）一ヲとあり、歳時祓禊トハ、如下シ今ノ三月上巳如二ク水上一ニ之類上ノとの注がついている。

このように見てきて、曲水宴すなわち三月上巳と斎宮とは、紀中で相俟って、天武—顕宗—神功のつながりを示している、と判断できる。顕宗は、私の提唱する紀を作られた順序で読むなら、Ⅲ部のそれもⅢbに属する天皇となる。すなわち紀中もっとも新しく作られた天皇の一人である。「研究ひとつ」十二つ章で、天武の〝蕩滌（とうてき）の政〟について述べ、紀中の祓除（みそぎ）や大祓などとの関連を見ておいた。そしてまた天武紀の祓（はらえ）、祓除（みそぎ）と関連する天武の浄の思想と、巻第一のスサノオの明浄心とが同時的な制作であることも見ておいた。帝紀及び上古諸事をつくれとの天武一〇年三月の詔は、従来考えられた以上に、紀全体の中に滲透していると思われる。その一つが顕宗紀の三月上巳であり、そこから判明するのが、天武—顕宗—神功紀のつながりなのであった。

（二〇一六、一一・三〇、昨日大森さんからTel、12月9日に「研究ひとつ」が仕上るらしい。）

# 二〇一六年師走の歌

一二月七日、円覚寺　四首

円覚(がく)寺に居士林(こじりん)といふあり鉄舟(てっしゅう)に大拙(だいせつ)　漱石(そうせき)　禅定(ぜんじょう)せしとぞ

大いちょう金の屏風とひろがりて楓の真紅をひきたててあり

登り行く道の隈手に三迦葉(かしょう)こけしの如きが拈華微笑(ねんげみしょう)す

登り来てご自由にとて熱あつの焙じ茶のあり円覚(えんがく)を得ん

色即是実　四首

わが紀伝ややくに成りて一生の色(しき)定まりぬ是実(これじつ)なりと

十二月九日、八百頁の「日本書紀の研究ひとつ」完成

その昔記伝というあり今是(イマ・ココ)に紀伝はなりぬ時の結実(けつじつ)

十二月九日は孫の誕生日なり

本成れるその日に孫娘(まご)〔香かほり〕と曾孫娘(ひまご)〔敬葉ゆきよ〕来てわが一生の実(じつ)も結ばる

今朝方は紺青の天に雲もない富士の高嶺が真白にぞ映ゆ

# 落ち紅葉

私は昭和と同い年だ。旧制水戸高校に一六から一八歳まで居た。未熟な青春時代、その埋合せをするかのように魅かれたのが、堀辰雄である。彼から受けとめたのは、「戦後の戦争歌、喪の戦後歌」にも書いた、世間的には行きどまりと信じられたところから始まる物語である。当時の言い草で四修（よんしゅう）・早生まれ、つまりは未熟な私にも、徴兵されたならその先には死しかないと、時勢の強迫が告げていた。終ったところから始まる物語かぁ。

京都帝国大学（文学部哲学科哲学専攻）に入学したのは、昭和一八年一〇月である。二ヵ月後の一二月、いわゆる学徒出陣で、大学内から文科系の学生が消えた。その一一月後半、水戸高以来の先輩永谷良夫の「出陣」を送るべく、故郷の若狭に行った。折から若狭の野山はすでに晩秋。万目蕭条として、色づいた黄葉、紅葉がはらはらと散っていた。

永谷さんも、一年おくれて徴兵された私も、敗戦のせいで一命をとりとめた。昭和二〇年一二月初め、復学の状況を知るべく京都を訪ねたが、京都はまさしく秋、闌（たけなわ）。光悦寺境内の光悦垣の小道に、また、まわりこんだ光明寺のゆるやかな幅ひろい階段にも、落ち紅葉がまことに美しかった。あゝと立ちどまり、ふいと思い出していた――終ったと信ぜられたところから始まる物語。そうか落ち紅葉はその象徴なのだ。ル・ヴァン・スレーブ、イル・フォー・タンテ・ド・ヴィーブル。風立ちぬ、いざ生きめやも。

## 落ち紅葉終りで始まる物語

思いがけず長い人生になった。京は桜の春、紅葉の秋。いく度もいく度も訪ねたが、これはという落ち紅葉に出逢えた年は少ない。思うに、敗戦で生命ながらえふたたび学問の世界にもどれるよろこびが、ごく普通の落ち紅葉を格別と見させたのかもしれぬ。

ふりかえると、わが人生は、まっすぐ一筋とは反対だった。およそなにかに好奇を寄せては曲り角をまがった。曲ったせいで、一筋では見当れなかった風光には出逢えた。

落ち紅葉にもどる。曲ったせいで度々訪ねたのが、奈良文化財研究所と橿原考古学研究所である。古代史家の論著より、両研究所の展示とその図録、紀要の類に好奇心を刺激された。ひいてはつとめて各地の考古、歴史資料館をものぞいた。泉南市で海会寺のことを知り、唐津のばあいと同じく歴年訪ねたりした。奈文研は平城京、藤原京、飛鳥と三つの資料館をもつ。ある年、藤原京の資料館を訪れ、長時間をすごし、辞して館の外へ出たとき、思わず立ち止っていた。低い石積みの前、道一杯が紅葉に埋まり、その落ち紅葉の一枚一枚が、なお枝先にあった時と変らぬ美しさを保っていた（c13）。終って始まる物語が目前にあったのである。

藤原京六首

藤原の歴史（とき）の息吹きを今の世に継ぎて積もれる落ち紅葉かな

その昔新益京（あらましのみやこ）と呼ばれしが落ちて新たに紅葉益（もみぢはまさ）れる

大嶋〔中臣〕も史（ふひと）〔藤原〕益（まさる）〔筑紫〕も新益（あらまし）の京（きょう）では見もせぬ落ち紅葉なり

大嶋と益が創（つく）った神代紀紅葉の記事は一つとて無し

わが道が一歩一歩と描（えが）きたる時の絵巻を紅葉象（もみぢはかたど）る

さればこそ己が愛知（あいち／フィロソフィア）の道のはて彩（いろど）りするかに落ち紅葉かな

（二〇一九・一・二七）

# 感秋歌　六首

雑文(二)に、日本書紀史注巻第一〜四の「あとがき」を収録した。巻第三の分に「今年（一九九七年）の紅葉は京都に見ることにした。東山の麓を、蓮華寺から東福寺まで、歩いた」とある。そのときの写真が、ある袋から出てきたのだが、銀閣寺以後のものしかなく、それ以前がない。またこの蓮華寺というのが私の記憶ちがいのようでもある。ともあれ何枚かの写真は、京の秋をしのばせ捨てがたい。よってこの雑文(三)にいれることにした。

「法然院で、落ち葉を掃く人と立ち話しをした。今年はヘンな年で、あたたかいのに早く紅葉し、それでいて、十一月末でもなお――と指さして――緑い枝がある、この分では十二月半まで掃かんならんでしょう、落ち紅葉は少なく、ほとんどが枯葉です――とそのひとはいった」（史注巻第三あとがき）。

一樹ノ繁華奪イテレ眼ヲ紅シと李九齢は詠じた

銀閣寺枯山水を彩りて一樹の繁果眼を奪いて紅し（c14）

一石へのびる紅葉はけざやかにされど散りたる落葉ただ枯る

砂模様墨絵の如きをひきたてて真紅なるべき黄葉とまどう

濃春ノ煙景似ルニ残秋ニと詠じたのは王士禛

南禅寺楓と女と並び立ち晩秋の紅濃春に似る（c15、16）

いず方の紅葉もなまなか嬋娟て京の秋を紅に染む

如今ノ秋色渾如シレ旧ノとは楊万里・感秋の一句なり

東福寺足をひきひき来る如今秋色なべて旧の如なり

（二〇一九・一二・三）